suhrkamp taschenbuch 2460

»*Liebe* heißt dieser 1971 in Frankreich zum ersten Mal veröffentlichte Band von Marguerite Duras. Und erzählt wird darin eine langsame, eine bedächtige Geschichte: ein paar Tage im Leben von drei Menschen, die sich eigentümlich ruhig und suchend zugleich am Meer bewegen. Zwei Männer und eine Frau ... Eine Frau und zwei Männer: eine Dreiecksgeschichte besonderer Art. Marguerite Duras erzählt von der Liebe, indem sie ihre Figuren genau beschreibt. Irgendwann gab es Entscheidungen, gab es ordentliche Verhältnisse, ein großes Unglück, aber jetzt zählt all das nicht mehr, statt dessen gibt es nun die Suche nach der Einsamkeit, die nichts mehr fordert. Und allein von ihr spricht dieser Text, der uns sehnsuchtsvoll einhüllt in die Wehmut der liebes-schmerzlichen Empfindungen.« *Manuela Reichart, Radio Bremen*

»Auf ein Minimum an Sprache setzt Duras ein Maximum an Leben. Ein fantastisches Buch zum fundamentalsten Ereignis unserer menschlichen Existenz: einfach und grandios!« *Münchner Buch-Magazin*

Marguerite Duras, die 1914 in Giadinh/Indochina geboren wurde und heute in Frankreich lebt, ist sowohl durch ihre Romane als auch durch ihre Dramen, Hörspiele und Filme in Deutschland bekannt geworden.

Zu ihren bekanntesten Werken zählen neben dem Roman *Der Liebhaber* (L'Amant) *Hiroshima mon amour* (erschienen als st 112), *Die Verzückung der Lol V. Stein* (st 1079), *Ganze Tage in den Bäumen* (st 1157), *Der Nachmittag des Herrn Andesmas* (BS 109) und *Moderato cantabile* (st 1178). Ihr Werk im Suhrkamp Verlag ist auf den Seiten 101 und 102 dieses Bandes verzeichnet.

Marguerite Duras
Liebe

Aus dem Französischen von
Barbara Henninges

Suhrkamp

Titel der Originalausgabe: *L'Amour*
Umschlagfoto: Stephan Erfurt

suhrkamp taschenbuch 2460
Erste Auflage 1995

Druck: Ebner Ulm
Printed in Germany
Umschlag nach Entwürfen von
Willy Fleckhaus und Rolf Staudt

1 2 3 4 5 6 – 00 99 98 97 96 95

Liebe

Ein Mann.
Er steht, er schaut: auf den Strand, aufs Meer.
Es ist Ebbe, die See ist ruhig, die Jahreszeit unbestimmt, die Zeit vergeht langsam.
Der Mann steht auf einem Steg aus Holzplanken, der über den Sand gelegt ist.
Er ist dunkel gekleidet. Sein Gesicht ist deutlich.
Seine Augen sind hell.
Er bewegt sich nicht. Er schaut.
Das Meer, der Strand, darauf Lachen, vereinzelte stille Wasserflächen.
Zwischen dem Mann, der schaut, und dem Meer, dicht am Rand des Meers, weit weg, geht jemand. Ein anderer Mann. Er ist dunkel gekleidet. Sein Gesicht ist aus dieser Entfernung undeutlich. Er geht, auf und ab, auf und wieder ab, eine ziemlich lange Strecke, immer gleich weit.
Irgendwo am Strand, rechts von dem der schaut, ein Aufleuchten: eine Lache leert sich, eine Quelle, ein Strom, Ströme speisen unermüdlich den Salzschlund.
Links eine Frau mit geschlossenen Augen. Sitzend.
Der Mann, der geht, schaut nicht, auf nichts, außer auf den Sand vor ihm. Sein Gang ist stetig, gleichmäßig, fern.
Mit der Frau, die die Augen geschlossen hält, schließt sich das Dreieck. Sie sitzt an eine Mauer gelehnt, die den Strand zum Ende, zur Stadt hin, abgrenzt.

Der Mann der schaut, befindet sich zwischen dieser Frau und dem Mann, der am Rand des Meers auf und ab geht.
Durch das fortwährende Auf und Ab des Mannes, das mit gleichbleibender Langsamkeit geschieht, verformt sich das Dreieck, formt sich von neuem, ohne je zu zerbrechen.
Dieser Mann hat den gleichmäßigen Schritt eines Gefangenen.

Der Tag neigt sich.
Das Meer, der Himmel erfüllen den Raum. In der Ferne ist das Meer schon oxydiert vom düsteren Licht, wie der Himmel.
Drei, sie sind zu dritt im düsteren Licht, im Netz der Langsamkeit.

Der Mann geht noch immer, auf und ab, vor dem Meer, dem Himmel, aber der Mann, der schaute, hat sich bewegt.
Die gleichmäßige Verschiebung des Dreiecks in sich selbst nimmt ein Ende:
Er bewegt sich.
Er beginnt zu gehen.

Jemand geht, in der Nähe.
Der Mann, der schaute, bewegt sich zwischen der Frau mit den geschlossenen Augen und dem anderen, Entfernten, demjenigen, der auf und ab geht wie ein

Gefangener. Man hört das Hämmern seines Schritts auf dem Holzsteg, der am Meer entlangführt. Dieser Schritt hier ist ungleichmäßig, unsicher.
Das Dreieck löst sich auf, wird aufgehoben. Nun hat es sich aufgelöst: Kein Zweifel, der Mann ist auf dem Weg, man sieht ihn, man hört ihn.
Man hört: Der Schritt verzögert sich. Der Mann muß die Frau mit den geschlossenen Augen anschauen, die auf seinem Weg sitzt.
Ja, der Schritt hält inne. Er schaut sie an.
Der Mann, der am Meer entlanggeht, und nur er, behält seine anfängliche Bewegung bei. Er geht noch immer seinen endlosen Gefangenengang.
Die Frau wird angeschaut.
Sie hat die Beine ausgestreckt. Sie sitzt im düsteren Licht, in die Mauer gegossen. Mit geschlossenen Augen.
Spürt nicht, daß sie gesehen wird. Weiß nicht, daß sie angeschaut wird.
Den Blick aufs Meer gerichtet. Mit weißem Gesicht. Die Hände halb im Sand vergraben, reglos wie der übrige Körper. Verhalten, entrückt. In der Fluchtbewegung aufgehalten. Seiner nicht gewahr, ihrer selbst nicht gewahr.

Der Schritt setzt wieder ein.
Ungleichmäßig, unsicher, setzt er wieder ein.
Setzt wieder aus.
Setzt erneut ein.

Der Mann, der schaute, ist vorübergegangen. Sein Schritt ist immer weniger zu hören. Man sieht ihn, er geht auf einen Deich zu, der von der Frau ebenso weit entfernt ist wie der am Strand Gehende. Jenseits des Deichs eine andere Stadt, weit jenseits, unerreichbar, eine andere Stadt, eine blaue Stadt, die sich nach und nach elektrische Lichter aufsteckt. Dann mehr Städte und noch mehr: ein und dieselbe.

Er ist beim Deich angekommen. Er ist nicht darüber hinausgegangen.

Er bleibt stehen. Dann setzt auch er sich.

Er hat sich mit dem Gesicht zum Meer auf den Sand gesetzt. Er hört auf, irgend etwas anzuschauen, den Strand, das Meer, den Mann, der geht, die Frau mit den geschlossenen Augen.

Einen Augenblick lang schaut niemand, wird niemand gesehen:

Weder der irrsinnige Gefangene, der noch immer am Meer entlanggeht, noch die Frau mit den geschlossenen Augen, noch der sitzende Mann.

Einen Augenblick lang hört niemand, lauscht niemand.

Und dann plötzlich ein Schrei:

der Mann, der schaute, schließt seinerseits die Augen, in einer plötzlichen Anwandlung, die ihn überwältigt, bäumt er sich auf, reißt er das Gesicht zum Himmel empor, sein Gesicht verzerrt sich, und er schreit.

Ein Schrei. Beim Deich hat jemand geschrien.
Der Schrei ist ausgestoßen worden, und man hat ihn überall vernommen, im erfüllten wie im leeren Raum. Er hat das düstere Licht, die Langsamkeit zerrissen. Noch immer hämmern die Schritte des Mannes, der auf und ab geht, er ist nicht stehengeblieben, nicht langsamer geworden,
aber sie, sie hat den Arm leicht angehoben, in einer kindlichen Geste, hat ihn über die Augen gedeckt, sekundenlang so verharrend,
und er, der Gefangene, er hat diese Geste wahrgenommen: er hat den Kopf in die Richtung der Frau gedreht.

Der Arm ist wieder herabgesunken.
Die Geschichte. Sie beginnt. Sie hat vor dem Auf und Ab am Meer, vor dem Schrei, vor der Geste, der Bewegung des Meers, der Bewegung des Lichts begonnen.
Jetzt aber wird sie sichtbar. Selbst auf dem Sand setzt sie sich schon fest, auf dem Meer.
Der Mann, der schaute, kehrt zurück.
Erneut hört man seinen Schritt, man sieht ihn, er kehrt aus der Richtung des Deichs zurück. Sein Schritt ist langsam. Sein Blick irrt umher.
Je näher er dem Holzsteg kommt, desto lauter wird der Lärm, der Lärm der Schreie, der Hungerschreie. Es sind die Möwen. Sie sind da, sie waren da, rings um den Mann, der geht.

Da hört man erneut den Schritt des Mannes, der schaute.
Er kommt vor der Frau an. Er gelangt in ihre Nähe. Er bleibt stehen. Er schaut sie an.
Wir wollen diesen Mann künftig – sollte es sich als notwendig erweisen – den Reisenden nennen, wegen der Langsamkeit seines Gangs, des umherirrenden Blicks.

Sie öffnet die Augen. Sie erblickt ihn, sie schaut ihn an.
Er nähert sich ihr. Er bleibt stehen. Er hat sie erreicht.
Er fragt:
»Was tun Sie hier, es wird bald Nacht.«
Sie antwortet sehr klar:
»Ich schaue.«
Sie deutet aufs Meer, auf den Strand, die blaue Stadt, die weiße Hauptstadt jenseits des Strands, auf die Gesamtheit.
Er dreht sich um. Der Mann, der am Meer entlanggeht, ist verschwunden.
Er macht noch einen Schritt, er lehnt sich an die Mauer.
Er ist da, neben ihr.
Das Licht verändert seine Intensität, es ändert sich.
Es hellt auf, es verfärbt sich, ändert sich. Er sagt: »Das Licht ändert sich.«

Sie wendet sich zu ihm, kaum merklich, sie spricht. Ihre Stimme ist klar, von erschreckend gleichbleibender Sanftheit.
»Haben Sie gehört, jemand hat geschrien.«
Der Tonfall verlangt nicht nach einer Antwort. Er antwortet.
»Ich habe es gehört.«
Sie wendet sich wieder zum Meer.
»Sie sind heute vormittag angekommen.«
»So ist es.«
Die Worte zeichnen sich sehr klar ab. Sie deutet auf den Raum ringsum, sie erklärt:
»Das hier ist S. Thala, bis hinüber zum Fluß.«
Sie schweigt.
Das Licht verändert sich noch mehr.
Er hebt den Kopf, schaut auf das, worauf sie soeben gedeutet hat: Er sieht, daß von weit her, von S. Thala, aus südlicher Richtung, der Gehende zurückkehrt, er schreitet inmitten der Möwen einher, er kommt.
Sein Fortschreiten geschieht gleichmäßig.
Wie die Veränderung des Lichts.
Zwischenfall.
Wieder das Licht: Es ist das Licht. Es ändert sich, und dann ändert es sich plötzlich nicht mehr. Es nimmt zu, leuchtet auf, dann bleibt es so, leuchtend, gleich hell. Der Reisende sagt:
»Das Licht.«
Sie schaut.

Der Gehende hat den Punkt seines Wegs erreicht, an dem er zuvor stehenblieb. Er bleibt stehen. Er dreht sich um, er sieht, auch er schaut, er wartet, er schaut wieder, er geht weiter, er kommt näher.
Er kommt.
Man hört nichts von seinem Schritt.
Er kommt an. Gegenüber von dem, der an der Mauer steht, vom Reisenden, bleibt er stehen. Seine Augen sind blau, von bestürzender Transparenz. Sein Blick ist vollkommen entrückt. Er spricht mit kräftiger Stimme, er deutet ringsumher, auf alles. Er sagt:
»Was geht vor sich?«
Er fügt hinzu:
»Das Licht steht still.«
Sein Tonfall drückt eine unbändige Hoffnung aus. Stillstehendes Licht, leuchtend hell.
Sie schauen ringsumher in das stillstehende, leuchtend helle Licht. Der Reisende spricht als erster:
»Es wird wieder seinen Lauf nehmen.«
»Glauben Sie?«
»Ich glaube ja.«
Sie schweigt.
Er nähert sich dem an der Mauer lehnenden Reisenden. Der blaue Blick ist von verschlingender Starre. Er macht eine Handbewegung, er deutet auf das, was hinter der Mauer liegt.
»Sie wohnen in diesem Hotel dort?«
»Ja, so ist es« – er fügt hinzu – »ich bin heute vormittag angekommen.«

Sie schweigt, sie schaut noch immer ins stillstehende Licht. Er wendet die Augen vom Reisenden ab, er entdeckt erneut den Stillstand des Lichts.
»Irgend etwas wird geschehen, das ist doch nicht möglich.«
Stille: Mit dem Licht ist auch das Geräusch zum Stillstand gekommen, das Geräusch des Meers.
Der blaue Blick kehrt zurück, er richtet sich eindringlich auf den Reisenden.
»Sie kommen nicht zum ersten Mal nach S. Thala.«
Der Reisende versucht zu antworten, mehrmals öffnet er den Mund, um zu antworten.
»Eigentlich ...« – er hält inne –
Seine Stimme ist ohne Echo. Die Reglosigkeit der Luft gleicht derjenigen des Lichts.
Er versucht noch immer zu antworten.
Sie erwarten keine Antwort.
In seiner Sprachlosigkeit hebt der Reisende die Hand und deutet ringsumher, auf den Raum. Als er die Handbewegung vollführt hat, gelingt es ihm, mit der Antwort fortzufahren.
»Eigentlich ...« – er hält inne – »ich erinnere mich ... richtig ... ich erinnere mich ...«
Er hält inne.
Die Stimme mit dem leuchtenden Klang erhebt sich zu ihm, sie trägt ihm die Antwort zu, sie ist von blendender Klarheit.
»Woran?«
Eine unwillkürliche organische Regung von sehr

großer Heftigkeit raubt ihm die Stimme. Tonlos antwortet er:
»An alles, an das Ganze.«
Er hat geantwortet:
die Bewegung des Lichts setzt wieder ein, das Geräusch des Meers beginnt erneut, der blaue Blick des Gehenden zieht sich zurück.
Der Mann, der geht, deutet auf die Gesamtheit ringsum, aufs Meer, auf den Strand, die blaue Stadt, die weiße Hauptstadt, er sagt:
»Das hier ist S. Thala, bis hinüber zum Fluß.«
Seine Bewegung stockt. Dann setzt seine Bewegung wieder ein, er deutet erneut, aber, wie es scheint, präziser, auf die Gesamtheit, das Meer, den Strand, die blaue Stadt, die weiße, dann andere, und noch andere: ein und dieselbe, er fügt hinzu:
»Auch hinter dem Fluß ist S. Thala.«
Er geht.
Sie steht auf, sie folgt ihm. Ihre ersten Schritte sind taumelnd, sehr langsam. Dann werden sie gleichmäßiger.
Sie geht. Sie folgt ihm.
Sie entfernen sich.
Sie umgehen S. Thala, wie es scheint, sie dringen nicht ins Dickicht ein.
Es ist Nacht.

Nacht.
Der Strand, das Meer liegen in der Nacht.

Ein Hund läuft vorbei, er bewegt sich auf den Deich zu.
Niemand geht auf dem Plankensteg, aber auf den Bänken längs des Stegs sitzen Einwohner. Sie ruhen aus. Sie schweigen. Sie sind voneinander getrennt. Sie sprechen nicht miteinander.
Der Reisende kommt vorbei. Er geht langsam, er geht in die Richtung, in die der Hund gelaufen ist.
Er bleibt stehen. Er kommt zurück. Es ist, als gehe er spazieren. Er geht wieder weg.
Man sieht sein Gesicht nicht mehr.
Die See ist glatt. Es weht kein Wind.
Der Reisende kehrt wieder. Der Hund kehrt nie mehr wieder. Das Wasser beginnt wieder zu steigen, wie es scheint. Man hört das Meer näher kommen. Von der Flußmündung her ertönt ein dumpfer Aufprall. Der Himmel ist sehr düster.

Noch immer Nacht.
Der Reisende sitzt in einem Zimmer, mit dem Gesicht zum offenen Fenster. Er wird von einem Feld aus elektrischem Licht erfaßt. Was jenseits des Fensters, auf der anderen Seite des Hotels ist, sieht man nicht.
Nacht draußen.
Was man hört, ist nicht das Meer. Das Fenster des Zimmers geht nicht aufs Meer. Es ist ein ununterbrochenes Nagen, sehr dumpf, von grenzenloser Ausdehnung.

Der Mann nimmt ein Blatt Papier, er schreibt: S. Thala S. Thala S. Thala
Er hält inne. Es ist, als zögere er zwischen den geschriebenen Worten.
Er setzt erneut an. Langsam, mit Bestimmtheit, schreibt er: S. Thala, den 14. September.
Er unterstreicht das erste Wort. Dann schreibt er noch: »Kommen Sie nicht mehr, es ist nicht mehr der Mühe wert.«
Er schiebt den Brief von sich weg, er steht auf.
Er macht einige Schritte im Zimmer.
Er streckt sich auf seinem Bett aus.
Es ist der Reisende, der Mann aus dem Hotel.
Er liegt ausgestreckt auf seinem Bett, in demselben Feld aus elektrischem Licht, er dreht sich zur Wand, man sieht sein Gesicht nicht mehr.
In der Ferne durchqueren Sirenen von Polizeiautos das nagende Dickicht, die schwarze Materie.
Dann hört man nur noch das Nagen in der schwarzen Materie.

Tag.
Der Mann geht wieder am Rand des Meers.
Sie ist wieder da, an die Mauer gelehnt.
Das Licht ist sehr hell. Sie rührt sich nicht, ihre Lippen sind zusammengepreßt. Sie ist blaß.
Am Strand herrscht etwas Leben.
Beim Näherkommen des Reisenden zeigt sie keine Regung.

Er geht auf die Mauer zu, er setzt sich neben sie. Er schaut an, was sie anscheinend zu sehen vermeiden will: das Meer, das Übelkeit erregende Wogen, die Möwen, die kreischen und den Körper des Sandes in sich hineinschlingen, das Blut. Sie sagt langsam:
»Ich erwarte ein Kind, mir ist übel.«
»Schauen Sie nicht hin, schauen Sie zu mir her.«
Sie wendet sich zu ihm.
Der Mann drüben bleibt stehen, inmitten der Möwen. Bewegt sich dann wieder weiter, geht auf den Deich zu. Sie fragt:
»Es ist lange her, daß Sie hier waren.«
»Ja.«
Sie sitzt, das Gesicht zum Sand geneigt. Er schaut zum Deich, dem sich Entfernenden nach.
»Wer ist das?«
Sie antwortet mit leichter Verzögerung:
»Er gibt auf uns acht« – sie wiederholt – »er gibt auf uns acht, er bringt uns zurück.«
Er schaut ihm lange nach.
»Diese ewig gleiche Strecke ... Dieser gleichmäßige Gang ... man könnte meinen ...«
Sie deutet an: nein.
»Nein, das ist die Gangart der Leute« – sie wiederholt – »das ist die Gangart hier, in S. Thala.«
Sie warten.
Auf dem Meer, noch immer, das Wogen, das Fieber.
»Haben Sie versucht, sich zu übergeben?«

»Es nützt nichts, es kommt wieder.«
Warten, noch immer.
Das Licht neigt sich allmählich.
Die ersten Möwen verlassen den Strand, sie fliegen davon, auf den Deich zu.
Der Gehende macht nicht wieder kehrt: er kehrt nach S. Thala zurück, er dringt nicht ein, er setzt seinen Weg hinter dem Deich fort. Man sieht ihn nicht mehr.
Der Reisende sagt:
»Sind wir allein?«
Sie deutet an:
»Nein.«
Warten.
Noch immer fliegen Möwen in weißen Salven davon.
Sie fliegen davon.
Ihr Abflug überstürzt sich.
Der Reisende sagt:
»Sie können allmählich wieder hinschauen.«
Sie tut es wieder, aber behutsam, vorsichtig: Der Anblick der Meeresbewegung wird allmählich erträglich, die Wogen laufen aus und entladen sich in weißen Salven. Er sagt:
»Die Farbe vergeht.«
Die Farbe vergeht.
Und dann auch die Bewegung.
Die letzten Möwen sind davongeflogen. Erneut bedeckt der Sand den Strand. Er sagt:

»Es ist nichts mehr da.«

Er hört sie, sie atmet, sie bewegt sich, sie schaut, lange blickt sie forschend in die aufkommende Dunkelheit, auf die Sandmassen. Dann verharrt sie wieder reglos. Sie hört, sie lauscht, sie sagt:

»Da ist ein Geräusch.«

Er lauscht. Schließlich hört er etwas: er meint, das Strömen wieder zu hören, die Wasser, die sich unablässig in den Salzschlund ergießen. Er sagt:

»Es ist das Wasser.«

»Nein« – sie hält inne – »es kommt von S. Thala.«

»Was ist es?«

»S. Thala, das Geräusch von S. Thala.«

Er lauscht noch lange. Er erkennt das ununterbrochene Nagen wieder. Er fragt: »Sie essen.«

Sie weiß es nicht genau. Sie sagt:

»Oder sie kommen nach Hause« – sie fügt hinzu – »oder sie schlafen, oder nichts.«

Sie schweigen, sie warten schweigend, daß das Geräusch von S. Thala nachlasse.

Das Geräusch scheint nachzulassen. Wieder atmet sie. Sie bewegt sich.

Sie schaut ihn an, ihn, den Reisenden, sie mustert die Kleidung, das Gesicht, die Hände. Sie berührt die Hand, streicht behutsam, sanft darüber, dann ruft sie ihn an, sie deutet auf den Deich, sie sagt:

»Der Schrei kam von dort.«

Aus der Richtung, in die sie soeben deutete, taucht er auf.

Er ist noch weit entfernt.

Vom Deich her kehrt der Gehende zurück. Da ist er.

Hinter ihm steigt die Flut, erhellt sich die Masse des steinernen Labyrinths nach und nach mit elektrischen Lichtern. Über der Masse die Rauchschwaden der Ölraffinerien, tiefdunkel.

Er kommt, er geht am Meer entlang, blicklos. Sie weist den Reisenden auf ihn hin:

»Er kommt zurück.«

Er schaut:

»Wo kommt er her?«

Sie blickt suchend in dic Richtung, die der Gehende hinter sich gelassen hat, sie sagt mit Bestimmtheit:

»Manchmal geht er über S. Thala hinaus, aber es genügt, wenn man es weiß« – sie fügt hinzu – »und wartet.«

Drüben kommt er noch immer, er überquert wieder den Strand, er biegt in ihre Richtung ab. Der Reisende sagt:

»Man kann nicht über S. Thala hinausgehen, man kann nicht hineingehen.«

»Nein, aber er« – sie hält inne – »er verirrt sich manchmal.«

Er kommt. Sie warten auf ihn.

Er kommt an. Er ist da. Er schaut sie an. Er setzt sich, er schweigt, sein blauer Blick durchforscht seinerseits den Raum, dann spricht er, er teilt ihnen sehr präzise mit:

»Es war ein Irrtum« – er fährt fort – »der Schrei kam von weiter her.«
Sie warten: Er fügt nichts mehr hinzu.
»Von woher?«
»Von überall her« – er hält inne – »es waren viele: Millionen« – er hält wieder inne – »alles ist verwüstet.«
Er sieht sie. Er deutet auf sie.
»Hat sie versucht, sich zu übergeben?«
Der Reisende antwortet ihm.
»Es nützt nichts, es kommt doch wieder.«
»Das ist wahr.«
Sie macht als erste Anstalten aufzustehen. Sie steht auf.
Sie hält sich aufrecht. Sie lehnt sich an die Mauer.
Es vergeht eine Weile, dann stehen auch sie auf.
Sie stehen da.
Der Reisende deutet auf das Meer vor ihnen, das Meer und dann, dahinter, das Dickicht:
»Was tun Sie, Sie gehen am Meeresrand entlang? Am Rand von S. Thala?«
»Ja.«
»Weiter nichts?«
»Nein.«
Der blaue Blick richtet sich aufs Meer, kehrt zurück. Er ist klar, von unbeirrter Eindringlichkeit. Der Reisende fährt fort:
»Dennoch ... diese so klare, gleichmäßige Bewegung ... diese so genau bemessene Strecke ...«

»Nein. Nein ...« – er hält inne – »nein ...« – er hält wieder inne – »ich bin von Sinnen.«
Sie schauen einander an, sie schauen, sie verharren. Wind kommt auf, weht über S. Thala. Der blaue Blick beobachtet den Himmel, das Meer, jegliche Bewegung, in unterschiedsloser Aufmerksamkeit.
Der erste, der sich entfernt, der sich aus der Starre löst, ist er, der Mann, der geht. Sein Gang ist gleichmäßig, vom ersten Schritt an.
Sie folgt ihm.
Ihre Schritte wiederum sind zuerst taumelnd, sehr langsam. Dann werden sie regelmäßiger. Sie geht so, wie er es ihr vormacht. Sie geht hinter ihm her, aber verzögert.
Da bleibt er stehen, damit sie ihn einholen kann. Sie holt ihn ein.
Dann setzt er seinen Weg wieder fort, vorwärts, auf den Fluß zu. Sie holt ihn wieder ein. Er geht wieder weiter. So müssen sie jeden Tag die Entfernung überwinden, die Sandmassen von S. Thala.
Sie entfernen sich immer weiter, sie biegen ab zum Fluß. Sie umgehen, sie meiden das steinerne Dikkicht, sie dringen nicht ein.

Drei Tage.
Drei Tage, in die ein Sonntag fällt. Das Geräusch nimmt zu, S. Thala taumelt, dann nimmt das Geräusch ab.

Ein Unwetter geht nieder, das die See aufwühlt.
Drei Nächte.
Am Morgen liegen Möwen am Strand, tot. Beim Deich ein Hund. Der tote Hund liegt gegenüber von den Säulen eines zerbombten Kasinos. Darüber der Himmel ist tiefdunkel, über dem toten Hund.
Es ist kurz nach dem Unwetter, die See ist rauh.
Die Stelle an der Mauer bleibt leer, der Wind peitscht.
Das Meer trägt den toten Hund, die Möwen fort.
Der Himmel beruhigt sich. Das Labyrinth taucht aus den Ölschwaden auf. Dann das Meer. Die Sonne.

Sonne. Abend.
Mit dem Abend kehrt sie wieder. Sie kommt auf dem Holzsteg an. Hinter ihr der, der geht.
Sie sind wieder da. Sie kommen vom Fluß her, sie durchqueren, durchmessen S. Thala, sie schreiten es ab. Sie treten aus den drei Tagen Finsternis hervor, wieder sieht man sie im Sonnenlicht eines ausgestorbenen S. Thala.
Der Reisende tritt aus dem Hotel, das hinter der Mauer liegt, er sieht die beiden, er geht auf sie zu.
Der hinter ihr geht, bleibt stehen, sobald der Reisende aus dem Hotel tritt. Sie dagegen geht weiter. Sie hat noch nicht gemerkt, daß der Reisende ihr entgegenkommt. Sie geht weiter, angetrieben vom Willen dessen, der hinter ihr stehengeblieben ist.

Sie haben einander erreicht. Sie erblickt den Reisenden, sie erkennt ihn nicht gut.
Sie erkennt ihn.
Der andere, hinter ihr, macht kehrt, er geht wieder weg. Er ist wieder zum Fluß gegangen.
Sie sagt:
»Ach, Sie sind gekommen.«
Das Unwetter hat ihr Gesicht gezeichnet.
Sie entfernen sich zuerst zum Deich hin, dann zum Fluß, sie bleiben stehen, gehen wieder weiter, sie gehen auf ein helles Licht zu, das auf dem Holzsteg liegt, am Rand des Meers, am Rand der Sandmassen, vor dem Dickicht, dem Labyrinth aus Stein.
Lange schauen sie auf das Licht.
Dann treten sie ein.
Sie hat Hunger.
Sie ißt, sie schaut, sie hört. Fluten von Worten, Wörter, Gelächter gibt es zu sehen, zu hören. Er seinerseits schaut mit ihr, aber auf andere Weise, mitunter wendet er sich um und schaut nur sie an. Sie sagt:
»Ich habe Hunger, ich erwarte ein Kind.«
Als sie es sagt, leuchtet ihr Blick auf und erlischt sogleich wieder – sie wiederholt:
»Ein Kind.«
»Wieder?«
»Ja.«
»Von wem?«
Sie weiß es nicht.
»Ich weiß nicht.«

Sie riecht nach Sand, nach Salz. Das Unwetter hat ihre Augen geschwärzt.
Der Lärm des Cafés schwillt an. Als der Lärm zu sehr anschwillt, öffnen sich ihre Augen gequält. Ihre Abwesenheit hält an. Sie fragt:
»Sie kommen jeden Tag nach S. Thala.«
»Ja.«
»Es ist weit« – sie fügt hinzu – »es ist ein weiter Weg, nicht wahr?«
»Ja.«
Er versucht, aus dem geschlossenen Raum, durch die Fensterscheiben hindurch, nach draußen zu sehen.
Sie aber ist damit beschäftigt, sich den geschlossenen Raum hier drinnen anzuschauen.
Jenseits der Scheiben, des Holzstegs, des Strands geht jemand vorüber, ein Schatten wandert mit gleichmäßigem Schritt, er bewegt sich zielstrebig auf die schwarze Masse des Deichs zu. Der Reisende folgt ihm lange Zeit mit den Augen, bis er hinter der schwarzen Masse verschwunden ist. Er sagt:
»Er ist gerade da drüben vorbeigegangen, er ist rasch gegangen, er hat sich nicht umgesehen, nach nichts.«
Sie sagt deutlich:
»Er sucht« – sie fügt hinzu – »man muß ihn gewähren lassen.«
Sie sieht, daß er neben ihr ist – es ist der Reisende, der Mann aus dem Hotel. Sie hebt die Hand, berührt das Gesicht, das sie anschaut, die Hand bleibt liegen,

während sie schaut, sie ist warm, sie berührt die Haut sacht, während die Stimme vollkommen echolos ertönt.
»Warum sind Sie denn nach S. Thala zurückgekehrt?«
Sie schauen einander an.
»Es handelt sich um eine Reise« – er hält inne. Sie schauen einander noch immer an, dann wendet sich das Gesicht ab, die Hand fällt wieder herunter.
Sie verharren so, wortlos.
Lange.
Der Lärm läßt nach.
Das Lokal leert sich.
Sie schauen, sie lauschen selbstvergessen. Lange.
Der Lärm hier läßt weiter nach. Es ist, als harre sie auf das Ende einer Frist, das mit dem Nachlassen des Lärms immer näher zu rücken droht. Sie sagt:
»Sie gehen.«
»Wer sind diese Leute?«
Sie deutet, vor den Fensterscheiben, dahinter, überall, auf das Labyrinth der Leiber. Ihre Geste ist offen, von verzweifelter Zärtlichkeit.
»Meine Bewohner von S. Thala.«
Der Lärm hier drinnen ist verstummt. Das ununterbrochene Nagen drüben setzt wieder ein. Es schwillt an.
Es verwandelt sich.
Es wird zu einem Gesang. Es ist ein ferner Gesang.
Die Bewohner von S. Thala singen.

Sie schaut umher, geradeaus:
»Sie sind gegangen« – sie lauscht – »hören Sie sie?«
Die Blicke von beiden wandern durch die Fensterscheiben hinaus, sie hören ihnen zu. Sie lauschen dem fernen Gesang. Sie hebt die Hand:
»Hören Sie?« – sie hält inne – »Diese Musik da ist es.«
Es ist ein langsamer Marsch mit getragenen Klängen. Ein langsamer Tanz längst vergangener Bälle, blutiger Feste.
Sie bewegt sich nicht. Sie lauscht dem fernen Hymnus. Sie sagt:
»Ich muß schlafen, sonst sterbe ich.«
Sie deutet in die Gegend, wo sie schläft.
»Man muß den Fluß überqueren« – sie hält inne.
Sie lauscht.
Er bekommt Angst: sie bewegt sich nicht, sie atmet nicht mehr, sie lauscht dieser Musik. Er fragt:
»Wer sind Sie?«
Die Musik geht weiter. Sie antwortet:
»Die Polizei hat eine Nummer.«
Die Musik geht weiter. Sie schaut ihn an:
»Warum weinen Sie denn?«
»Ich weine?«
In einem Windstoß schlägt die Tür auf.
Der Mann, der geht.
Da ist er.
Er betritt den geschlossenen Raum, allein, die Tür schließt sich wieder. Mit ihm, in einem Schwall, das

Jod des Meers, das Salz, das blaue Aufblitzen der Augen des hellichten Tags in tiefer Nacht.
Er reckt den Kopf, er lauscht dem fernen Tanz, er sagt:
»Erinnern Sie sich? Die Musik von S. Thala.«
Er verharrt mit gerecktem Kopf. Er lauscht. Ein inniges Lächeln gleitet über sein Gesicht. Andächtig, mit verzücktem Ernst, lauscht er der fernen Musik.
Sie deutet auf den Reisenden, sie sagt:
»Er weint.«
Die blauen Augen füllen sich ihrerseits mit Tränen. Das Lächeln bleibt unverändert. Er erklärt:
»Die Musik von S. Thala macht so traurig.«
Die Musik hört auf.
Er versucht, ihr noch länger zu lauschen. Er gibt den Versuch auf.
Das Nagen setzt wieder ein, die Stille.
Auf den Reisenden deutend sagt sie:
»Er hatte Angst.«
»Wovor?«
»Sie nicht wiederzusehen.«
»In der Tat ...«
Die blauen Augen blicken scharf, sehen wieder. Sehen wieder die Gefahr, das Verhängnis.
»In der Tat habe ich mich da drüben verirrt, ich habe die Strecke überschritten« – er fügt hinzu – »die Zeit.«
Mit einer Handbewegung zeigt er auf die verlassene

Gegend hinter der schwarzen Masse des Deichs. Seine Hand zittert.
»Ich fand nicht mehr zurück.«
Er zeigt auf nichts mehr. Er vergißt, er blickt sie an, er vergißt. Er sagt zum Reisenden:
»Hat sie es Ihnen gesagt? Sie muß schlafen.«
Er richtet sich an den Reisenden:
»Man muß den Fluß überqueren, es ist hinter dem Bahnhof, zwischen den beiden Armen.«
»Was?«
»Das Gefängnis von S. Thala, ihr Gewahrsam.«
Sie stehen auf. Sie gehen hinaus.

Nacht.
Der Reisende schreibt bei Lampenlicht.
Der Reisende schiebt den Brief von sich weg, verharrt so.
Vor ihm die leere Straße, hinter der Straße erloschene Villen, Parks. Hinter den Parks das Dickicht, schattenhaft, das aufgetürmte S. Thala.
Er nimmt den Brief wieder. Er schreibt.
»S. Thala, den 14. September.«
»Kommen Sie nicht mehr, kommen Sie nicht, sagen Sie den Kindern irgend etwas, gleich was.«
Die Hand hält inne, fährt fort:
»Wenn Sie es ihnen nicht erklären können, lassen Sie sie erfinden.«
Er legt den Stift nieder, greift erneut danach:
»Bereuen Sie nichts, nichts, lassen Sie keinen

Schmerz zu, versuchen Sie nichts zu begreifen, sagen Sie sich, daß Sie dann der« – die Hand hebt sich, fährt wieder fort, schreibt: »Klugheit am nächsten sind.«
Der Reisende schiebt den Brief von sich weg.
Er verläßt sein Zimmer.
Das Zimmer, in dem niemand mehr ist, bleibt erleuchtet.

Nacht. S. Thala ausgestorben.
Er geht. Es ist der Reisende, der Mann aus dem Hotel. Er überquert den Fluß, er geht am Bahnhof entlang.
Das Meer drängt zwischen die Schlickufer. Der Himmel wogt, er ist sehr niedrig, tiefdunkel, stellenweise schwarz. Der Bahnhof ist geschlossen.
Er biegt ab. Da ist es. Der Fluß teilt sich. Da ist es, zwischen den beiden Flußarmen.
Es ist ein großes, schlichtes Steingebäude. Die Außentreppe führt auf ein Gelände hinunter, das von den Flußarmen gesäumt wird.
Sie ist da, sie schläft auf der obersten Stufe der Treppe, an die Mauer des Gebäudes gelehnt, in derselben Pose wie am Strand.
Er ist auch da. Mit dem Blick zur Flußmündung steht er an der äußersten Spitze des Geländes, an der Meerespforte.
Er spricht.
Der Reisende betritt das Inselgelände. Es sind Spuren

des Unwetters da, abgebrochene Zweige. Er kommt bei ihr an, er tritt näher, er sieht, daß sie tief schläft. Ihr Atem geht gleichmäßig, leicht.

Der Reisende wandert weiter zur Spitze der Insel, die von der Schlafenden etwa zwanzig Meter entfernt ist.

Aber er geht die Strecke nicht bis zu Ende.

Er setzt sich auf eine Bank, auf halbem Weg zwischen ihr, die schläft, und dem, der an der Spitze der Insel spricht.

Von den äußeren Flußufern, von überall her, nehmen Schiffe Kurs aufs Meer. Man sieht sie, sie passieren die Mündung in langer Kette.

Plötzlich, eine Klage.

Plötzlich fügen sich Klagelaute eines Kindes zwischen das Geräusch der Motoren und das Geräusch des Meers. Es ist, als kämen sie von dem Ort, an dem sie schläft.

Eine Weile spricht die Stimme weiter, diese Stimme ohne Hall, sie durchwandert die Insel, sie vermischt sich mit der Klage, fügt sich zwischen das Geräusch der Motoren und das Tosen des Meers.

Dann verstummt sie.

Er muß die Klage gehört haben.

Er verläßt die äußerste Spitze der Insel. Er kommt.

Er erblickt den anderen, den Reisenden, er bleibt bei der Bank stehen.

»Ah, Sie sind gekommen.«

Er setzt seinen Weg fort, er geht auf die Treppe zu.

Er beugt sich über sie, er lauscht, er richtet sich wieder auf, er kehrt zurück, rastlos, immer. Er langt wieder bei der Bank an, er bleibt stehen, er erklärt:
»Sie schläft fest.«
Die Klage, die ganze Zeit.
»Diese Klage, ist sie das?«
»Ja – sie verliert die Geduld, verstehen Sie, aber sie schläft« – er hält inne – »das hier, das ist nur Zorn, nichts weiter.«
»Auf was?«
Er deutet auf die allgemeine Bewegung ringsum.
»Gott« – er fährt fort – »auf Gott ganz allgemein, es hat nichts zu bedeuten.«
Er entfernt sich zielstrebig, begibt sich wieder an die Spitze der Insel.
Die Geräusche verstärken sich. Auch die Klage. Auch der Aufruhr an der Flußmündung.
Der Reisende gesellt sich zu ihm, an der Spitze der Insel.
Er erkennt ihn gut in der Klarheit des Meers: er schaut wie am ersten Tag.
Die Geräusche der Motoren nehmen weiter zu, die Bewegung der Schiffe nimmt weiter zu, der Ansturm des Meers hält an.
Er spricht, er sagt:
»Was für ein Aufruhr« – er fügt hinzu – »man muß noch eine Stunde warten, dann laufen keine Schiffe mehr aus, und meiner Ansicht nach steigt das Was-

ser dann nicht mehr« – er fügt hinzu – »schließlich vergeht die Zeit.«
Er deutet auf die quirlende Flußmündung:
»Schauen Sie, schauen Sie. Da, schauen Sie.«
Er deutet auf den überfluteten Fluß, das zerklüftete Wasser, das Gemenge der Wassergewalten, das unerbittliche Aufsteigen des Salzes in den Schlaf.
Die Klage ruft. Die Klage schreit.
Der Reisende sagt:
»Es fällt mir schwer, ins Hotel zurückzukehren, es fällt mir schwer, mich von ihr zu entfernen ...«
Er erwidert, zu dem Aufruhr gewendet:
»Ich verstehe ...« – er deutet geradeaus – »ich verstehe – ich selbst kann nicht ... schauen Sie ...«
Er deutet ringsum, auf die Gesamtheit.
Die Klage ruft noch immer.
Der aufs Meer schaut, vernimmt sie nicht mehr, wie es scheint.
Der Reisende verläßt die Spitze der Insel, er kehrt zu der Schlafenden zurück. Er setzt sich dicht neben ihren erschlafften Körper, er schaut sie an. Ihre Lippen sind leicht geöffnet. Die Klage des träumenden Tiers besänftigt sich. Der Kopf ist vollkommen schlafversunken. Er beugt sich vor, legt den Kopf auf ihre Brust, vernimmt die Klage des Kindes gepaart mit den Herzschlägen, die Klage des Kindes, den Zorn des Herzens.
Er steht wieder auf. Er kämpft gegen den Schwindel.

Er geht, er bleibt stehen, er geht weiter. Er überquert erneut das Inselgelände, er geht ein zweites Mal auf den zu, der auf die Bewegung der Wasser schaut.

Die Flut steigt noch immer. Der Fluß füllt sich. Die Schlickufer sind überschwemmt. Das Meer kommt dem Inselgelände immer näher.

Er winkt dem Reisenden näher zu treten, zu sehen.

Er sagt, er deutet mit der Hand:

»Schauen Sie, schauen Sie, dort drüben.«

Ein Nebel, hauchzart, zieht von der Flußmündung heran. Er tanzt vor den Augen, er fällt, das Meer zerfetzt ihn, aber mehr Nebelschwaden ziehen tanzend heran. Er sagt:

»Sehen Sie« – er lächelt.

Noch immer die zornige Klage des Kindes.

Schon erkennt man die Bewegung der Wasser weniger deutlich. Der Ansturm der Salzflut erlahmt.

Der Reisende deutet zur Treppe hinüber. Er fragt:

»Sagen Sie mir etwas über die Geschichte.«

Er wendet sich nicht um, blickt nur geradeaus, er antwortet:

»Meiner Ansicht nach ist als erstes die Insel von dort« – er deutet aufs Meer – »aufgetaucht. S. Thala kam später, mit dem Staub« – er fügt hinzu – »wissen Sie? die Zeit ...«

Die Stille beginnt mit einer Verlängerung der Abstände zwischen den auslaufenden Schiffen. Er sagt:

»Die Stille beginnt mit einer Verlängerung der Zeitabstände.«
Die Klage erklingt in immer größeren Abständen.
»Schauen Sie.«
Nach und nach bildet sich ein Wassertal zwischen den Schlickufern. An der Flußmündung wird eine Änderung bemerkbar: das Meer säumt sich mit Weiß, das Salz setzt sich ab, dringt nicht mehr vor. Die Wassersenken sind gefüllt.
Der Zorn, die Klage sind verstummt.
Ein letzter Schwall von Worten bricht aus ihm hervor. Seine Augen glänzen und schließen sich angesichts der Stille der Wasser.
»Objekt absoluten Verlangens«, sagt er, »Schlaf der Nacht und um diese Stunde für gewöhnlich, wo sie auch sei, grenzenlos offen« – er hält inne, er fährt fort – »Objekt des Verlangens und für jeden da, der sie will, ihn aufzunehmen und fortzutragen, Objekt absoluten Verlangens.«
Seine Augen öffnen sich. Er wendet sich diesem anderen Mann zu, dem Reisenden, dann ihr, der Schlafenden, dann wandert sein Blick über S. Thala hin, verliert sich.
Sie gehen um den schlafenden Körper herum.
Sie nähern sich ihm, schauen ihn an. Der Himmel klart vollkommen auf.
Sie sitzen neben dem schlafenden Körper.
Die Lippen haben sich wieder geschlossen. Beharr-

lich bahnt sich die Atmung einen Weg im atmenden Ganzen.
Er schaut sie an, wie er einen Augenblick zuvor das Meer anschaute, in besinnungsloser Leidenschaft. Der Reisende fragt:
»Wann hat die Geschichte begonnen?«
Er wendet sich zu ihm, richtet starr den entrückten Blick auf ihn, er ist plötzlich überwältigt von der Gewißheit:
»Meiner Ansicht nach mit dem Licht, mit dem Anbruch des Lichts.«
Er fährt fort, ihn anzuschauen, erkennt ihn wieder, in der Transparenz seiner Augen geht alles unter, wird alles gleich, er sagt:
»Ihretwegen sind Sie nach S. Thala gekommen, deswegen sind Sie nach S. Thala gekommen.«
Er deutet auf sie. Sie schaut beide an: sie schläft mit offenen Augen.
Der Reisende verläßt die Insel. Er begleitet ihn.
Sie gehen.
Sie gehen, sie gehen am Bahnhof entlang. Er zeigt dem Reisenden das Dickicht, die Masse von S. Thala.
»Ihre Kinder sind da drinnen, dieses Durcheinander da, sie macht sie, sie gibt ihnen« – er fügt hinzu – »die Stadt ist voll davon, die ganze Erde.«
Er hält inne, er deutet in die Ferne, aufs Meer, zum Deich:
»Sie macht sie da drüben, wo der Schrei herkam, sie läßt sie dort, sie kommen, sie bringen sie weg.«

Er blickt starr in die Richtung des Deichs, er fährt fort:
»Hier gibt es nichts als Sand.«
Der Reisende wiederholt:
»Nichts als Sand.«
»Und Wind.«
Er wendet sich zu dem Reisenden.
Sie schauen einander an:
»Erinnern Sie sich noch ...? an dem Tag, als der Schrei ... erinnern Sie sich?«
»Schwach. Sehr schwach.«
Er zeigt dem Reisenden erneut das Steinlabyrinth:
»Sie ist schon überall zu Hause gewesen, hier oder anderswo. In einem Krankenhaus, in einem Hotel, im Freien, in Parks, auf den Straßen« – er hält inne – »in einem städtischen Kasino, wußten Sie das? Jetzt ist sie dort.«
Er deutet auf die Insel. Der Reisende fragt:
»Gefängnis außerhalb der Mauern.«
»So ist es.«
»Innerhalb der Mauern haust das Verbrechen?«
Abwesend antwortet er:
»Das Verbrechen undsoweiter.«
Sie gehen noch immer. Der Reisende spricht bestimmte Worte aus.
»Freiwillige Gefangenschaft, draußen.«
Er hört nicht, er schaut aufs Meer, in die Tiefe des Raums, auf eine Helle am Himmel, er sagt:
»Mond, schauen Sie, Narrenmond.«

Sie gehen noch immer, langsam.
Der Reisende fragt:
»Hat sie vergessen?«
»Nichts.«
»Aufgegeben?«
»Begraben. Aber es ist da, ringsum.«
Er deutet achtlos auf das Labyrinth, die schwarze Materie.
Er hält inne, schaut erneut aufs Meer, lange, dann kehrt er wieder um, auf die Insel, zu ihr.

Nacht.
Der Reisende geht am Meer entlang.
Er geht hinter der Mauer am Hotel vorbei, setzt seinen Weg fort.
Er geht auf einer Straße, er begibt sich zu einem Haus auf einer Anhöhe.
Vor dem Haus bleibt er stehen. Rings um das Haus die Masse, der Taumel von S. Thala.
Das Haus ist ein graues Rechteck mit weißen Fensterläden. Es beherrscht den Strand, die Masse des Deichs, die vergiftete Stadt. Der Garten liegt brach, das Gras steht sehr hoch und überwuchert die Gartenmauern.
Das angelehnte Gartentor lädt ein, macht angst.
Der Reisende entfernt sich wieder.
Wieder geht er auf der Straße, er begibt sich hinunter zum Strand. Er geht nicht zum Deich, er schlägt den Weg zur Mauer ein.

Der Reisende betritt die Halle des Hotels, das hinter der Mauer liegt. Der Raum ist schwach erleuchtet. Zwei Sesselreihen stehen da, zum Meer hin gerückt. Eine Tür geht auf einen Balkon, die Tür steht offen. Schwarze Pflanzen schwanken im Wind, der zur Tür hereinweht. Parallel angeordnete Spiegel nehmen die Wände ein. Sie spiegeln die Säulen der Saalmitte, ihre vielfachen massiven Schatten, die Grünpflanzen, die weißen Wände, die Säulen, die Pflanzen, die Säulen, die Wände, die Säulen, die Wände, die Wände, und dann ihn, den Reisenden, der soeben vorübergegangen ist.

Tag.

Sie ist auf dem Vorplatz, als der Reisende aus dem Hotel tritt. Sie trägt dieselbe Kleidung wie am Abend zuvor. Sie erwartet ihn, die Augen auf die weiße Fassade gerichtet. Aufrecht, außerhalb der Mauern, schaut sie aufs Hotel.

Sie hört seine Schritte, sie sieht ihn, sie kommt auf ihn zu.

»Ich bin gekommen.«

»Ich war gerade auf dem Weg zu Ihnen« – er fügt hinzu – »Wußten Sie, daß ich kommen würde?«

Sie versteht nicht recht.

»Wohin?«

»Auf die Insel. Wußten Sie es?«

»Nein.«

Sie tritt näher, lehnt, in einer verstörten, furchtsamen

Geste den Kopf an seine Schulter. Es ist, als friere sie. Sie sagt:
»Ich kenne diesen Ort –«
sie hebt wieder den Kopf, schaut das Hotel an, schaut ihn an, fügt hinzu:
»Ich kannte Sie.«
Er schweigt. Die Bestürzung nimmt plötzlich zu, erneut schaut sie aufs Hotel.
»Ich war heute nacht auf der Insel.«
»Ach.«
»Und am Strand bin ich Ihnen begegnet.«
Mit erhobenem Kopf schaut sie auf die weiße Fassade des schlichten Gebäudes, das sich zum Meer hin erhebt, er hat Mühe, sie mit sich fortzuziehen.
Er zieht sie fort, sie gehen ums Hotel herum.
Der Strand.
In der Ferne sind einige Spaziergänger unterwegs, Pferde, im Schritt. Der Himmel ist leicht, das Wetter ist sehr klar.
Sie gehen aufs Meer zu, über den nackten Sand.
Sie friert noch immer, das Hotel verfolgt sie, sie wendet sich noch einmal zurück. Er dreht sie wieder zu sich herum, er zieht sie fort. Sie sagt:
»Ich fragte ihn, wo Sie wohnen, er bat mich, Sie zu beschreiben, ich habe ihm gesagt« – sie hält inne – »da hat er mir gesagt, wie Sie zu finden sind« – sie blickt ihn fragend an – »ich habe mich nicht getäuscht.«

»So ist es.«
Sie zittert noch immer. Noch einmal, hinter ihnen, das Hotel: er zieht ihren Kopf zu sich herum. Er deutet aufs Hotel:
»Sie hatten es schon einmal gesehen?«
»Nein« – sie fügt hinzu – »ich komme nie hierher, in diese Gegend von S. Thala.«
Er zieht sie weiter fort. Sie geht.
Sie sieht das Meer. Sie sagt:
»Manchmal ist es ruhig hier.«
Es ist, als vergesse sie das Hotel nach und nach.
»Man hört nichts.«
Sie deutet auf die See, es ist die See der Frühe, sie brandet, grün, frisch, sie bewegt sich weiter, sie lächelt, sie sagt:
»Die See.«
Sie bleibt erneut stehen. Er geht weiter. Sie beginnt wieder, rückwärts zu schauen.
»Kommen Sie weiter.«
»Ich muß wieder zurück.«
Sie folgt immer nur dem anderen Mann aus S. Thala, sie muß Angst haben, dem Reisenden zu folgen.
Er setzt sich, er ruft:
»Kommen Sie zu mir her. Wir werden hier rasten.«
Sie kommt. Sie setzt sich zu ihm. Sie schweigt. Dann sucht sie am Strand nach jenem anderen Mann. Er, der Reisende, erblickt ihn als erster.
»Er ist nicht weit weg, schauen Sie.«

In der Ferne kommt er tatsächlich soeben hinter dem Deich hervor. Er geht in der unermüdlichen Richtung des Meers.
Sie hat ihn gesehen. Ihr Gesicht nimmt wieder Farbe an. Nach und nach tritt Entspannung ein. Die Erinnerung an das Hotel schwindet.
Sie schaut ihn an, ihn, den Reisenden. Sie zittert nicht mehr. Er hat sich auf dem Sand ausgestreckt, sie schaut ihn noch immer an. Sie muß etwas von der Erschöpfung der Reise spüren. Sie berührt die schlaflosen Augen. Sie sagt:
»Ich bin wegen dieser Reise zu Ihnen gekommen.«
Er ruft erneut.
»Kommen Sie zu mir her.«
Sie rückt zu ihm. Sie beugt sich vornüber, sie legt ihr Gesicht an seine Brust, verharrt so.
»Ich höre Ihr Herz.«
»Ich sterbe.«
Sie hebt das Gesicht ein wenig. Er schaut sie nicht an. Er wiederholt:
»Ich sterbe.«
Er hat eine Art Schrei ausgestoßen. Der Satz bleibt losgelöst. Aber der Schrei läßt sie auffahren und leicht von ihm abrücken. Sie verharrt über ihm, befremdet, argwöhnisch plötzlich. Sie wartet. Sie sagt:
»Nein.«
Sie hat es sehr sanft gesagt. In dieser Sanftheit geht

das Ungestüm des Schreis unter, zerrinnt die düstere Drohung.
Sie setzt erneut an:
»Ich bin zu Ihnen gekommen wegen dieser Reise, die Sie machen wollen.«
Sie schweigt. Er stellt keine Fragen. Der Satz bleibt offen, sie kennt seinen Ausgang nicht. Er wird später schließen, sie spürt es, überstürzt nichts, wartet.
Am anderen Ende des Strands, am Deich entlang, hat das Auf und Ab wieder begonnen. Er geht immer die gleiche Strecke. Auf und ab. Die ganze Strecke über ist er sichtbar. Sie deutet auf ihn, sie sagt langsam:
»Er hat mir heute früh mehrere Namen genannt, als ich Sie suchte« – sie hält inne – »ich habe mich für S. Thala entschieden.«
Sie bewegt sich nicht, verfolgt aufmerksam den Verlauf der eigenen Worte.
»Daher kannten wir uns« – sie fügt hinzu – »ich bin schon seit langem hier, und Sie müssen es gewußt haben« – sie fährt fort – »Sie müssen davon gewußt haben.«
Verrinnen von Sand, unaufhörlich. Der Gang des Irren schlägt ihren Worten den Takt.
»Dann sind Sie also gekommen« – sie fährt fort – »Sie sind meinetwegen nach S. Thala gekommen.«
Sie mustert ihn von Kopf bis Fuß, macht eine ver-

neinende Gebärde, schüttelt den Kopf, verwirft den verstörenden Gedanken, der ihr soeben eingefallen ist, der sie durchzuckt hat. Zu sich selbst: nein. Dann sagt sie mit Bestimmtheit:
»Sie sind hergekommen, um sich das Leben zu nehmen.«
Sie wartet. Er antwortet nicht. Es ist, als schlafe er. Sie berührt ihn, sie fügt hinzu:
»Sonst hätten Sie mich nicht gesehen.«
Inständig:
»Verstehen Sie?«
Er deutet an, daß er versteht. Sie schweigt. Er fragt:
»Hat Sie noch nie jemand gesehen?«
Sie sagt deutlich:
»Alle sehen mich« – sie wartet – »Sie, Sie haben noch etwas anderes gesehen.«
Sie deutet auf den, der geht, in der Ferne, sie fügt hinzu:
»Ihn.«
Sie verharrt reglos, mit dem Gesicht zum Meer. Er sagt:
»Ich hatte Sie beide vergessen.«
»Ja, so ist es« – langsam entziffert sie den Raum – »Sie sind also nach S. Thala gekommen, um sich das Leben zu nehmen, und dann haben Sie gesehen, daß wir noch immer da waren.«
»Ja.«
»Sie haben sich wieder erinnert.«
»Ja« – er fügt hinzu – »an« – er hält inne.

»Mir fällt nicht das richtige Wort dafür ein.«
Sie schweigen.
Ein Schatten zieht über die Sonne. Wind kommt auf, vergeht wieder. Die Meeresbewegung wird ihre Richtung ändern. Diese Änderung bahnt sich an.
Drüben noch immer das Auf und Ab vor dem Meer.
Sie steht auf, sie wendet sich zum Deich, zu dem Auf und Ab:
»Ich gehe zu ihm, ich werde wiederkommen.«
Er hält sie nicht zurück. Sie steht dicht neben ihm, aber ihre Augen sind noch immer bei dem, der geht, in der Ferne.
»Ich muß ihn etwas fragen« – sie wiederholt – »ich werde wiederkommen.«
Sie verweilt noch immer. Sie hat ihm noch immer etwas zu sagen.
»Wegen dieser Reise« – sie hält inne – »ich begreife nicht, woher ich weiß, daß wir sie machen müssen.«
Sie deutet auf den in der Ferne:
»Er wird es mir sagen.«
Sie entfernt sich. Er ruft sie zurück. Er fragt:
»S. Thala, das ist mein Name.«
»Ja« – sie erklärt, zeigt ihm – »alles, hier, das alles ist S. Thala.«
Sie entfernt sich. Er ruft sie nicht zurück. Sie geht am Meer entlang.
Er schaut ihr nach. Sie geht rascher als sonst.

Auch sie, plötzlich, mit regelmäßigem Schritt.
Sie ist bei ihm angelangt. Sie geht mit ihm mit. Anstatt kehrtzumachen, setzt er den Weg fort, sie setzt den Weg mit ihm zusammen fort.
Die Bewegung des Meers hat sich umgekehrt. Das Ablaufen des Flusses bahnt sich an, er wird sich in den Salzgrund ergießen. Und da, in weißen Salven, die Möwen. Sie stürzen sich auf den entblößten Sand. Ihre heißhungrigen Schreie eilen ihnen voraus.
Man sieht sie nirgends mehr.
Lange danach erscheinen sie wieder.
Er, er kehrt am Meer entlang zurück. Sie auf dem Holzsteg: sie schaut auf nichts, ihr Blick meidet sowohl die weißen Schwärme als auch das uferlose Dikkicht.
Sie schlagen den Weg zum Fluß ein.
Diesen Abend geht der Reisende nicht zur Insel.

Es ist früh am Nachmittag. Sie gehen vorüber.
Er, am Meer entlang. Sie, auf dem Holzsteg.
Der Reisende ist auf dem Holzsteg.
Sie sieht ihn nicht. Sie sieht nichts.
Sie gehen auf den Deich zu. Sie verschwinden hinter dem Deich.
Vielleicht bereiten sie die Geburt des Kindes vor, dort, hinter dem Deich des Aufschreis von S. Thala.
Am Abend kehren sie wieder. Die Möwen kreischen. Sie geht leicht gebeugt, fast schwerfällig: es

ist in der Tat, als stehe die Geburt eines Kindes bevor.
Ruft sie nicht.

Der Reisende wartet an einem anderen Ort, er erwartet sie in der Hotelhalle. Er erwartet sie zu einer anderen Zeit. Abends. Spätabends, in der Hotelhalle.
Der Raum sieht verändert aus. Die Spiegel sind blind geworden. Die Sessel sind zu den Spiegeln hin, entlang den weißen Wänden, aufgereiht. Nur die schwarzen Pflanzen stehen noch am alten Platz. Sie bewegen sich noch immer im Wind, der zur offenen Tür hereinkommt. Langsames Wogen des Unheils, Totentanz.
Er kommt mit der Schwärze der Nacht. Sie ist nicht mitgekommen, er ist allein. Er betritt den Saal mit seinem raschen Schritt, er sieht den Reisenden auf einem Sessel an der Wand sitzen. Er sagt:
»Ich kam gerade vorbei.«
Er fügt hinzu:
»Ich komme sonst nie in diese Gegend hier.«
Er hält inne, er schaut.
Auf einmal sieht er den Saal.
Rings um ihn her, der Saal.
Er schaut um sich.
Seine Augen leuchten. Die Dunkelheit ist fast vollkommen. Er schaut wie am hellichten Tag.
Lange.

Er bewegt sich.
Er geht zum Balkon, er dreht sich um, schaut noch immer unverwandt. Kehrt zurück. Geht wieder an dem Reisenden vorbei, der im Halbdunkel sitzt, er sieht ihn nicht mehr, sieht nur den Saal.
Plötzlich verharrt er reglos inmitten der freien Fläche, deutet in den Raum, beschreibt den Raum zwischen den aufgereihten Sesseln und den Pfeilern mit einer Handbewegung, fragt:
»War es hier?« – er hält inne – »Dort?«
Seine Stimme ist unsicher.
Er wartet.
Aufrecht in der Mitte der Tanzfläche stehend, wartet er noch immer.
Dann deutet er erneut in den Raum, beschreibt den Raum zwischen den aufgereihten Sesseln, wiederholt die Gebärde, wartet, sagt nichts.
Geht, durchmißt den Raum, durchmißt ihn wieder, bleibt stehen.
Setzt sich wieder in Bewegung. Bleibt wieder stehen. Versteinert.
Jemand singt, sehr leise.
Jemand singt.
Er singt.
Es ist die Musik der längst vergangenen Feste, der schleppende Rhythmus von S. Thala.
Er tritt vor. Die gewohnte Steifheit verfliegt. Jetzt tritt er vor, er singt und er tanzt zugleich, er tritt auf die Tanzfläche, tanzend, singend.

Der Körper wird mitgerissen, erinnert sich, er läßt sich von der Musik leiten, er verschlingt, er brennt, er ist von Sinnen vor Glück, er tanzt, er brennt, ein Brand zieht durch die Nacht von S. Thala.
Sekundenlang. Er bleibt stehen.
Er wird angehalten. Er bewegt sich nicht mehr. Er singt nicht mehr, er forscht ringsum nach dem äußeren Ereignis, das den Tanz unterbrochen hat, den Gesang, er forscht, was geschehen ist, von einem Taumel ergriffen, der nur ihm widerfährt.
Etwas hat sich hinten in der Halle bewegt.
Er fragt:
»Wer ist da?«
Er lauscht der eigenen Stimme. Die Starre des Blicks bleibt unverändert. Die eigenen Worte widerfahren ihm wie kurz zuvor die eigene Bewegung.
Er sagt, er wiederholt:
»Wer ist da?«
Es ist, als verspüre er Angst, er dreht sich um, er richtet sich lauschend auf.
Der Reisende hat sich erhoben, er kommt langsam aus der Tiefe des Saals.
Er schaut diesem anderen Mann entgegen, dem Reisenden. Dieser macht einige Schritte, er gelangt ins Licht der Tanzfläche. Er sieht ihn an.
Er sieht ihn.
Die Starre bricht auf, der Mund öffnet sich, kein Laut kommt hervor, er bemüht sich wieder zu sprechen, ist nicht dazu imstande, er läßt sich in einen Sessel

fallen, streckt dem Reisenden die Hand hin, schaut ihn an wie am ersten Tag, murmelt:
»Sie, Sie waren das« – er hält inne – »Sie sind zurückgekehrt.«
Er weint.

Sonntag. Der Lärm nimmt nicht zu in S. Thala. Wind weht. Dann regnet es.
Der Reisende geht im Regen durch S. Thala.
Er begegnet ihnen nicht.
Eine Nacht. Ein Tag.
Der Reisende sieht sie nirgendwo im Raum, in der Zeit, von S. Thala.

Eine schwarze Nacht.
Sie kommt am Hotel vorbei.
Der Reisende ist auf dem Balkon, er sieht sie auf dem Holzsteg vorbeigehen, ihr Schatten hebt sich vom Meer ab.
Sie geht langsam, stetig auf den Deich zu. Sie dreht sich nicht nach dem Hotel um. Sie geht, in der Nacht, geradeaus.
Das Kind, das Kind kündigt sich an, seine Geburt.
Er, der andere, er folgt ihr in dieser Nacht. Sie geht immer weiter, sie beachtet ihn nicht. Er folgt. Sie hastet, wie wild, sie läuft dahin.
Sie verschwindet hinter der schwarzen Masse des Deichs, sie verliert sich in den Sandmassen, im grenzenlosen Wind.

Er verliert sich seinerseits, verschwindet, auch er. Nichts mehr. Außer dem uferlosen, schlafenden Dickicht.

Tags darauf Sonnentag.
Der Reisende geht in der Sonne um S. Thala herum.
Er entfernt sich, dringt nicht ein. Er geht auf einer Straße, die gesäumt ist von verschlossenen Häusern, Inseln im steinernen Ozean.
Er sucht in S. Thala, jenseits.

Noch immer Sonne.
Der Reisende geht an einem bewohnten Haus vorüber. Im Park ist eine Terrasse. Von der Straße aus kann man etwas davon sehen. Die Fenster stehen offen. Im Inneren des Hauses wird gesprochen.
Eine Frau lacht – ein leichtes, kurzes Lachen.
Hellichter Tag.
Der Reisende kehrt um.
Er entfernt sich.

Es ist Abend, am Fluß, auf der Insel. Sie ist allein, sie sitzt am Ufer, den Blick geradeaus, auf S. Thala gerichtet. Der Reisende setzt sich neben sie, sie sieht ihn:
»Ah, Sie sind gekommen.«
Sie ist ganz vertieft in das, was sie sieht. Er fragt sie:
»Haben Sie ihn wegen der Reise gefragt?«
Sie erinnert sich:

»Er sagt, ich hätte, während ich hier in S. Thala war, schon immer von dieser Reise gesprochen.«

Die Sonne geht unter. Fast schläft sie ein, so versunken ist sie in die Betrachtung von S. Thala. Schon wird sie darauf warten, daß der andere sie in den Schlaf mitnimmt.

Ihr Gesicht trägt keine Spur von Müdigkeit oder Schmerz. Aber sie ist dünner geworden, und in ihren Augen liegt heitere Gelassenheit.

Sie nimmt wahr, daß der Reisende sich entfernt.

Der Reisende langt erneut vor dem bewohnten Haus an. Er bleibt stehen. Von der Straße aus kann man die Terrasse sehen, einen Teil des Parks.

Er läutet. Die Tür wird automatisch von innen geöffnet, er tritt ein. Der Ort ist sehr hell, weiß möbliert.

Eine Frauenstimme:

»Was gibt es?«

Er antwortet nicht, er ist nicht dazu imstande. Vor ihm öffnet sich eine große Glastür zur Terrasse. Die Stimme kommt von dem Teil der Terrasse, den er nicht sehen kann, hinter der Tür. Er wartet.

Im Gegenlicht erscheint sie in der Glastür. Sie ist sommerlich gekleidet. Ihre Haare sind tiefschwarz, aufgelöst.

Sie sieht ihn nicht gut im Halbdunkel des Eingangs.

»Zu wem wollen Sie denn?«

Er geht einen Schritt weiter, er sagt nichts. Sie sieht ihn noch immer nicht gut.

»Was wünschen Sie denn?«
Er geht weiter auf sie zu. Sie sieht ihn kommen, sie lächelt, sie ist überrascht, aber sie scheint keine Angst zu verspüren.
Er macht noch einen Schritt, er bleibt stehen. Er ist im Licht der Terrasse angekommen.
Sie sieht ihn.
Der Blick wendet sich ruckartig von ihm ab. Das Gesicht verschließt sich, die Augen, ein unbezwinglicher Schmerz scheint den Körper zu durchdringen.
Sie geht auf die Terrasse, er folgt ihr. Sie macht eine mechanische Geste, sie deutet auf einen Sessel, sie sagt:
»Setzen Sie sich doch bitte.«
Sie stehen regungslos da. Sie murmelt.
»Sie sind zurückgekehrt ...«
Sie schauen einander nicht an.
Er bleibt neben ihr stehen. Sie setzt sich nicht. Sie lehnt sich an den Terrassentisch.
Sie nimmt eine Zigarette. Ihre Hand zittert.
Sie setzt sich.
Sie sitzt im Licht eines blauen Sonnenschirms.
Er beginnt zu schauen: die Schönheit ist da, noch immer lebendig.
Ein niedriger Tisch befindet sich zu ihrer Rechten, darauf ein offenes Buch. Vor ihr liegt eine Allee. Am Ende ein weißes Gittertor. Der Park, grüne Rasenflächen, bis hin zum geschlossenen Tor.

»Hat sie sich von ihrer Krankheit nie wieder erholt?«
»Nein, nie.«
Sie wendet sich ab, ihr Kopf fällt an die Sessellehne, sie verbirgt sich zum Park hin, sie sagt:
»Manchmal ... ist mir, als würde sie mich rufen ... selbst ... selbst jetzt noch ...«
Sie ringt um Fassung. Ihre Kiefer pressen sich aufeinander, um das Weinen zu unterdrücken.
Sie weint nicht um ihrer selbst willen.
Er schaut sie noch immer mit eindringlicher Aufmerksamkeit an. Sie nimmt es nicht wahr.
»Ich wußte wohl, daß sie nicht gestorben ist, man hätte mich benachrichtigt ...« – sie zögert und fragt leiser – »Wo ist sie zuletzt hingekommen?«
»Ins Gefängnis von S. Thala.«
»Ach ...«
Sie verscheucht das Bild, läßt sich wieder gegen die Lehne fallen.
Ihr Körper ist sehr sichtbar unter dem Kleid. Ihr noch immer lebendiger Körper. Ihre Beine sind nackt, ihre Füße nackt auf dem Stein der Terrasse.
Der Reisende schaut sie noch immer mit der gleichen ungeheuren Aufmerksamkeit an. Sie bemerkt es noch immer nicht. Sie murmelt wieder, sie fragt:
»Spricht sie noch von mir?«
»Nein.«
Sie nimmt sich noch eine Zigarette. Sie zittert noch immer. Ihre Augen sind tiefdunkel, schwarz geschminkt, bodenlose, schwindelnde Höhlen.

Suhrkamp Literatur

Isabel Allende · Reinhold Batberger
Marcel Beyer · Peter Bichsel · Thomas Brasch
Volker Braun · Breyten Breytenbach
Hans Magnus Enzensberger · Paul Feyerabend
Max Frisch · Juan Goytisolo · Thomas Hettche
Franz Hodjak · Yasushi Inoue · Charles Johnson
Juan Pérez Jolote · Barbara Köhler
Karl Krolow · Álvaro Mutis · Valeria Narbikova
Cees Nooteboom · Amos Oz · Octavio Paz
Erica Pedretti · Jorge Semprun
Wisława Szymborska · Martin Walser

Hans Magnus Enzensberger

Barbara Köhler

Peter Bichsel

Hans Magnus Enzensberger
Kiosk

Neue Gedichte
134 Seiten. Leinen
ca. DM 32,– / öS 250,– / sFr. 33.–
(März 95)

Hans Magnus Enzensbergers Gedichte nehmen die grellen Widersprüche und die bunten Lügen einer maroden, marodierenden Zivilisation ebenso auf wie jenes medidative Hintergrundrauschen, das nur im Abseits zu vernehmen ist.
Mit irritierender Leichtigkeit bewegt sich diese Poesie zwischen dem Wunder und der Katastrophe. Sie greift wissenschaftliche und religiöse Motive auf und wechselt blitzschnell, nicht ohne Ironie, die Perspektive.

Barbara Köhler
Blue Box

Gedichte
Etwa 64 Seiten. Gebunden
ca. DM 28,– / öS 219,– / sFr. 29.–
(März 95)

Nach ihrem Gedichtdebüt *Deutsches Roulette* – enthusiastisch aufgenommen als »ungewöhnlichste Erscheinung einer lyrischen Kraft seit langem« – suchen die neuen Gedichte der von Os (Chemnitz) nach West (Duisburg gegangenen Barbara Köhler aufs neu das Gespräch mit uns.
»Ich übe das Alleinsein, und ich denke ich habe es darin schon ziemlich weit gebracht. Ich rede mit der Sprache, manchmal antwortet sie. Manchmal antworte auch jemand anders. Ich rechne nich mehr damit, verstanden zu werden Mathematik ist nicht mein Fach.«

80. Geburtstag im März

Karl Krolow
Die zweite Zeit

Gedichte
Etwa 136 Seiten. Leinen
ca. DM 32,– / öS 250,– / sFr. 33.–
(März 95)

Der Band mit neuen Gedichten aus der letzten beiden Jahren erscheint, Kar Krolows achtzigsten Geburtstag zu ehren: fünfundfünfzig Jahre einer vor Grund auf dichterischen Existenz, die sich nicht nur ermessen läßt »an der Fülle der Welt und dem Notstand der Zeit«, auch an der Fülle und am Notstand des eigenen Lebens.

Blicklos schaut sie auf einen bestimmten Punkt des Parks.
»Ich vermute, daß man nichts für sie tun kann?«
»Nichts.«
Sie bemerkt noch immer nichts von der abgrundtiefen Aufmerksamkeit, deren Gegenstand sie ist. Sie fragt:
»Warum sind Sie nach S. Thala zurückgekehrt?«
Schweigen. Sie ist verwundert.
Sie wendet sich zu ihm. Sieht, sieht den Blick.
Er versucht zu antworten. Er setzt an:
»Ich bin nicht sicher, ob ich es wollte« – er hält inne.
Er deutet an, daß er sich täuschen muß, er versucht noch einmal zu antworten:
»Nein ... ich täusche mich ... nein ...« – er fügt hinzu – »ich habe es gewollt.«
»Was?«
»Mir das Leben nehmen« – er fügt hinzu – »ich suchte einen Ort, um es zu tun, und bin ihr begegnet.«
Sie erhebt sich leicht aus ihrem Sessel – sekundenlang bannt ihr Blick den Park und sieht die Vergangenheit als Ganzes wieder – dann kehrt ihr Blick zurück, und sie sagt:
»Es ist so ... es ist wirklich so ... Wo sie auch hingeht, löst sich alles auf.«
Der Reisende geht nicht auf den Irrtum ein, der soeben bezüglich der Chronologie des Todes begangen wurde.

»Der Tod wird sinnlos?«
»Ja.«
Sie schaut ihn ihrerseits an. Sie schauen einander an. Er sagt:
»Ich bin mir nicht sicher, ob ich Sie wiedererkenne.«
Die Veränderung ereignet sich mit der Heftigkeit des Übergangs vom Tag zur Nacht:
»Was ist denn so anders?«
Er gibt zu verstehen: er kann es nicht sagen.
Sie beginnt zu lächeln. Sie lächelt. Unmerklich vollzieht sich eine Veränderung des Gesichts. Sie lächelt.
»Sehen Sie es nicht?«
Das Lächeln hat sich mitten aufs Gesicht gesetzt. Das Gesicht darunter wird unkenntlich. Sie lächelt noch immer. Man sieht nicht mehr, wer sie ist. Sie sagt:
»Schauen Sie mich an.«
Sie erhebt sich. Sie stellt sich vor ihn hin, aufrecht, steif. Er hat den gesamten Körper vor sich, das Gesicht, das Lächeln.
»Merken Sie es nicht?«
»Nein.«
Sie setzt sich wieder.
»Schauen Sie noch einmal.«
Sie hält ihm das Gesicht hin: es ist um das Gesicht herum. Er sagt:
»Ihre Haare.«
»Ja« – das Lächeln verstärkt sich.

»Gefärbt.«
»Ja. Schwarz« – sie fügt hinzu, und das Lächeln verstärkt sich noch mehr – »meine schwarzen Haare schwarz gefärbt« – sie fügt noch hinzu – »Ist das alles?«
Grauen überkommt ihn, Terrasse, Park, Orte des Grauens plötzlich. Der Reisende erhebt sich, er lehnt sich an den Tisch, er schaut sie nicht mehr an. Sie fährt fort, ihn anzuschauen, auf die Antwort zu warten, noch immer, sie lächelt:
»Nun? Sehen Sie es nicht?« – sie deutet ringsum, auf die Wohnstatt, den Park, den von Mauern umschlossenen, vergitterten Raum, die spitzen Eisenstäbe – »Sehen Sie nichts?«
Er gibt zu verstehen: sonst nichts, er sieht nichts sonst. Sie sagt:
»Die Tote von S. Thala.«
Sie wiederholt, sie sagt:
»Ich bin die Tote von S. Thala.«
Sie wartet, sie führt den Satz zu Ende:
»Ich bin davongekommen.«
Sie wartet noch einen Augenblick lang, führt den Satz noch weiter zu Ende.
»Die einzige von Ihnen allen« – sie fügt hinzu – »die einzige, die Tote von S. Thala.«
Sie wendet sich ihrem Park zu, ihrer Wohnstatt. Sie führt keinen Satz mehr zu Ende. Das Lächeln ist noch da, darunter nichts mehr als Gesichtszüge.
Er geht. Sie läßt ihn gehen. Sie bleibt dort. Dort.

Er geht durch die Allee, öffnet das Gartentor, geht hinaus.
Draußen. Der Raum. Die Möwen, die vorüberfliegen.

Schwarzer Rauch hängt über S. Thala.
Hellichter Tag.
Der Reisende schaut aus dem Fenster seines Zimmers.
Da ertönt wieder das Geheul der Alarmsirenen. Drüben beim Fluß.
Der Reisende schaut auf die Uhr, dann wieder auf den schwarzen Rauch vor der Sonne.
Die Sirenen verstummen.
Man hört Schritte, draußen.
Eine Frau geht über den Vorplatz, sie geht auf die Hotelhalle zu. Sie ist in Begleitung von zwei Kindern. Sie tragen Trauer.
Der Reisende tritt vom Fenster zurück, er wartet, er lauscht, er wartet.
Wieder fangen die Alarmsirenen an, durch die Stadt zu jagen, entfesselt.
Drüben, beim Fluß, steigt noch immer Rauch auf über S. Thala.
Eine große Hitze lastet an diesem Tag über S. Thala, reglos. Die Schatten der Bäume ankern im Boden von S. Thala. Der Wind ist ausgeblieben. Eine unverrückbare Sonne an einem leeren Himmel deckt die Stadt zu.

Der Reisende geht an den Tisch, nimmt den Brief, steckt ihn in einen Umschlag und legt ihn wieder auf den Tisch.
Er verläßt sein Zimmer.
Der Hotelflur: an dessen Ende der Mann, der geht.
Er steht im Licht der Treppenfenster.
Er wartet.
Sie schauen einander an. Der Mund lacht, die blauen Augen leuchten im verbrannten Gesicht.
Er deutet in die Richtung des Sirenengeheuls, er erklärt:
»Es brennt.«
Seine Augen sind von wäßriger Transparenz. Er fügt hinzu:
»Das Gefängnis« – er fügt hinzu – »als ich ging, brannte es nicht mehr« – er hält inne, er teilt ihm mit – »es brennt oft dort.«
Die Sirenen heulen. Der Reisende sagt:
»Es brennt noch immer.«
»Ja, aber weiter weg« – er hält inne – »es brennt immer irgendwo.«
Die Sirenen sind verstummt. Der Reisende fragt:
»Sind Sie zufällig vorbeigekommen?«
»Ich suche sie.« – Er erklärt – »Manchmal geht sie über die Grenzen von S. Thala hinaus, aber es genügt, wenn man es weiß.«
Er schaut sich um, er fügt hinzu:
»Es sei denn, sie ist hier.«
»Nein.«

Er entfernt sich, er erinnert sich an etwas, er kommt noch einmal zurück.
»Sie werden unten in der Hotelhalle verlangt, ich habe empfohlen zu warten.«
Er geht.
Der Reisende bleibt stehen, wartet.
Lange. Dann kommt jemand.
Jemand steigt die Treppe herauf. Man erkennt sie. Es ist die Frau, die über den Hotelvorplatz gegangen ist. Sie erblickt ihn oben an der Treppe. Die Sirenen sind verstummt. Sie schaut ihn an, sie sagt:
»Man hat mir gesagt, daß Sie hier seien, ein Mann, den ich nicht kannte.«
Sie steigt weiter herauf. Er schaut weg. Sie kommt bei ihm an.
»Können wir in Ihr Zimmer gehen« – der Tonfall ist schüchtern, erschrocken.
Er schaut auf die Fensterscheiben im Flur. Sie sagt:
»Ich erkenne Sie nicht wieder.«
Sie berührt ihn an der Schulter, wiederholt:
»Können wir in Ihr Zimmer gehen und miteinander reden?«
Er sagt – die Stimme ist schleppend, sanft, plötzlich gebrochen:
»Ich habe Ihnen geschrieben. Der Brief ist noch da.«

Sie legt den Brief wieder auf den Tisch zurück. Sie steht da. Er schaut durchs Fenster auf die reglose Stadt, auf den Rauch über der Insel.

Die Sirenen kommen näher, ziehen vorbei. Sie sagt – die Stimme ist leise, tonlos:
»Ich verstehe nicht recht ...«
Er schaut sie an: der Blick ist abwesend. Sie weicht zurück. Sie zittert.
»Sie haben aufgehört, mich zu ...«
Er versucht zu antworten, ist nicht dazu imstande. Sie fährt fort:
»Ich frage mich sogar, ob ... ob Sie mich selbst am Anfang – ob Sie mich jemals« – sie hält inne –
Er sagt:
»Sicher nicht.«
Wieder gellen die Sirenen quer durch S. Thala, ohrenbetäubend. Sie hört auf zu sprechen, sie bekommt Angst, sie schreit:
»Was ist das denn?«
»Es brennt.«
Sie schreit mit den Sirenen:
»Wo brennt es?«
»Weit weg.«
Er lauscht den Sirenen. Sie bemerkt die Aufmerksamkeit, mit der er ihren Weg verfolgt. Diese Abwesenheit weckt ihren Zorn, sie schreit weiter:
»Da ist noch etwas anderes, ganz bestimmt, da ist noch etwas anderes.«
Die Sirenen entfernen sich, entfernen sich noch weiter, verhallen.
Er schaut geradeaus, auf die leergefegte Straße, die immerwährende Sonne.

Der Zorn erlahmt.
Sie beschwört ihn plötzlich:
»Sprechen Sie mit mir, ich beschwöre Sie.«
Er sagt:
»Ich möchte die Kinder wiedersehen.«
Er schließt die Augen, er macht einen Schritt. Sie meint, er wolle gehen, sie hält ihn zurück.
»Gehen Sie nicht, bevor ich weiß ...«
Er sagt:
»Ich möchte die Kinder wiedersehen.«
Er wartet.
Sie antwortet nicht. Sie schaut ihn lange an, dann kommt sie näher, zaudert, kommt noch näher:
»Wie lange dauert das schon?«
Ihre Stimme ist eintönig, klanglos. Er sagt:
»Schon seit jeher.«
Sie stößt einen Laut aus, ein krampfhaftes, kurzes Lachen. Er schaut hin: das stumme Lachen ist auf dem Gesicht gefroren, der Blick fleht:
»Sie scherzen!«
»Nein.«
Die Aufrichtigkeit der Antwort ist bestürzend. Sie weicht zurück. Als sie zurückgewichen ist, wird er sich des Fehlers bewußt, den er begangen hat. Er geht auf sie zu, er macht eine entschuldigende Geste, er sagt:
»Verstehen Sie mich richtig« – er hält inne, er fügt hinzu – »ich wollte sagen ... ich weiß es erst seit einigen Tagen.«

Sie wartet: nichts, er sagt nichts mehr.
Sie sagt:
»Sie tun mir weh ...«
Er antwortet nicht.
Wieder dringen Schreie hervor, aber sie sind kraftlos, der Zorn ist gebrochen.
»Ich hätte gern eine Erklärung ... ich habe ein Recht darauf, denke ich ...«
Er hat nicht gehört.
»Was haben Sie mir vorzuwerfen?«
»Aber nichts ... ich ...«
Er steht vor ihr. Sie sieht, wie sehr er sich müht, etwas herauszubringen, sein Unvermögen. Sie nimmt seine Hand, er läßt es geschehen. Endlich sagt er:
»Es handelt sich um ein Ereignis, das sich nicht erklären läßt« – er fügt hinzu – »allgemeiner Art.«
Sie läßt seine Hand los, sie stößt zischend hervor:
»Tun Sie das absichtlich?«
»Nein.«
Sie wartet: nichts mehr, er sagt nichts mehr.
Er hat ihre Anwesenheit vergessen, er schaut auf die Straße. Mit einem Mal, schlagartig, wird ihr die Vergeblichkeit jeglicher Bemühung klar.
»Ja, aber ... Ist es etwas Ernstes?«
Die Stimme klingt erschüttert:
»Wollen Sie etwa sagen, daß ...«
»Ja.«
Sie zögert ein letztes Mal:

»Und beruht es auf Gegenseitigkeit?«
»Ja.«
Sie wartet. Er sagt nichts. Wartet noch immer, lange Zeit: nichts.
Da bewegt sie sich. Sie geht.
Sie bewegt sich durchs Zimmer, sie geht auf und ab. Geräusche von unterdrücktem Schluchzen. Man hört ganz leise:
»Und ich, ich Arme, hatte von alledem keine Ahnung ...«
Ruckartig bleibt sie stehen.
Erstarrt.
Sie ist neben dem Nachttisch stehengeblieben. Sie hält ein Glasfläschchen in der Hand, das mit weißen Tabletten gefüllt ist, noch nicht angebrochen. Sie schaut es an, liest das Etikett auf dem Fläschchen.
Die Sirenen jagen in rasendem Tempo auf der Straße vor dem Hotel vorbei, noch immer in Richtung Fluß.
Sie stellt das Fläschchen hin. Sie schaut den Mann an, der vor ihr steht, lange. Sie fährt sich mit der Hand übers Gesicht, um das Hirngespinst zu bannen.
Er sieht es. Er geht mit einer entschuldigenden Gebärde auf sie zu, ist aber nicht imstande, irgend etwas zu sagen. Sie fragt mit der gleichen erschütterten Stimme:
»Was hat das zu bedeuten ...?«

Er deutet an: nichts, er deutet an, daß es nichts zu bedeuten hat.
Sie kommt lautlos näher, so nah, daß ihre Gesichter sich fast berühren, sie sagt:
»Ich kenne Sie, das würden Sie nicht tun.«
Wieder die Sirenen, drüben beim Fluß.
Sie verstummen.
Sie sagt ruhig:
»Die Kinder sind unten in der Hotelhalle.«
Und wieder die Sirenen, drüben beim Fluß.

Die Kinder.
Sie erheben sich, sie schauen ihm entgegen. Sie sind weiß in ihren schwarzen Kleidern. Sie rühren sich nicht, sie schauen ihn an, und nur ihn.
Sie stehen nebeneinander, im Abstand von einem Meter, beide gleich erwartungsvoll. Sie wissen von dem Drama, die näheren Umstände kennen sie nicht.
Er bleibt stehen. Er schaut sie an.
Er schaut sie abwechselnd an, das eine, das andere. Er sondert sie voneinander, dann vereint er sie wieder. Er tritt nicht näher.
Zwischen ihm und ihnen liegt ein von der Balkonöffnung ausgeschnittenes Sonnenrechteck. Niemand betritt die Lichtfläche. In den Augen der Kinder liegt keine Furcht. Nur Wissensgier.
Die Mutter ist irgendwo in der Halle, sie sehen sie nicht.

Sie schauen diesen Mann an, der schweigt. Sie warten. Er sagt:
»Ich werde nicht mehr wiederkommen.«
Die Mitteilung wird schweigend aufgenommen. Der Blick der Kinder hat sich nicht verändert. Die Gier bleibt.
»Nie mehr?«
Die Stimme ist ausdruckslos, mechanisch.
»Nie mehr.«
Die erwachsene Stimme ist ebenso ruhig wie die Kinderstimme.
Die Frau durchquert das Lichtrechteck, das den Mann und die Kinder trennt, sie ringt nach Luft, sie läuft zum Balkon, stößt an die Tür, verharrt reglos dort, an die Tür gelehnt, verbirgt das Gesicht in den Händen.
Die Kinder sehen sie nicht. Sie sehen den Mann und nur ihn.
»Warum?«
Die Stimme ist klar, noch immer ruhig, ohne irgendeine Färbung.
»Ich möchte keine Kinder mehr.«
Die Gier bleibt unverändert, sie ist grenzenlos. Der Mund ist leicht geöffnet vor grenzenloser Wissensgier. Kein Anzeichen von Leid. Andere Kinderstimme:
»Warum?«
»Ich möchte gar nichts mehr.«
Die Frau bewegt sich, sie tritt über die Türschwelle,

kommt vom Balkon zurück. Sie hat einen erstickten Schrei ausgestoßen.
Die Spannung auf den Gesichtern ist unverändert geblieben. Ebenso die Gier.
Überall in der Stadt heulen die Alarmsirenen auf. Die Frau rennt, schreit.
»Was ist das denn? ist es hier?«
Weder der Mann noch die Kinder antworten ihr.
Auf einmal nimmt die Lautstärke der Sirenen ab. Sie verstummen.
Noch immer mit der gleichen nüchternen Stimme verknüpft eines der Kinder Ereignisse miteinander, die scheinbar zusammenhanglos sind.
»Die Polizei ist gekommen, als Sie oben waren.«
Das andere Kind hebt den Arm und deutet zum Fluß hinüber, ohne den Mann aus den Augen zu lassen:
»Ein Brand, es war wegen dem Brand.«
Ein vereinzelter Schrei: die Mutter. Sie schreit, daß sie wegmüssen.
»Wir müssen weg.«
Die Kinder sprechen ruhig in das Sirenengeheul und in die Schreie der Frau hinein:
»Sie haben jemand gesucht, der bei dir war.«
»Eine Frau, die ausgerissen ist, sie hatten Angst.«
Die Frau schreit:
»Wir müssen weg hier, ich halte das nicht mehr aus.«
Die Kinder hören sie nicht.
Sie läuft auf sie zu:

»Los, kommt, wir gehen.«
Sie kommt, sie treibt sie gewaltsam an. Der kleine Junge stürzt. Sie hebt ihn wieder auf, stellt ihn hin, schubst ihn, greift nach dem kleinen Mädchen, treibt auch sie an, schubst sie, schubst sie vor sich her, kann sie nicht beieinander halten, schubst, treibt sie weiter, kreischt, kreischt mit den Sirenen:
»Ihr kommt jetzt, oder ich hole jemand.«
Sie wollen nicht von der Stelle, sie schauen ihn noch immer an, angewurzelt.
Sie bekommt Angst, sie schreit:
»Ich habe Angst, kommt.«
Die Gier bleibt unersättlich wie im ersten Augenblick. Sie warten noch immer. Die Gier wird ungestillt bleiben.
Sie schubst in Rücken, treibt voran, schubst, schubst mit Leibeskräften zur Tür der Hotelhalle.
Die Tür.
Sie ist erreicht.
Die Tür, noch einmal. Sie schlägt. Schritte auf dem Hotelvorplatz.
Durch die Balkontür der Sand, das Meer. Lange. Dann geht er hinaus.

Sie lehnt an der Mauer, in der Hitze. Ihre Augen sind fast geschlossen. Tränen laufen über ihr Gesicht. Sie nimmt die Anwesenheit des Reisenden nicht wahr.
Erst als er sich neben sie setzt, sieht sie ihn.
Er schweigt. Sie sagt:

»Ah, Sie sind zurückgekehrt.«
Das Meer ist fern durch die halbgeöffneten Lider. Die Stadt, drüben, ist unsichtbar, eingekleistert in ihre Ausscheidungen. Keine Vögel. Tränen fließen aus ihren Augen. Sie sagt:
»Eine Frau ist gekommen, mit Kindern.«
Er deutet an: ja. Sie sieht ihn durch die Tränen. Fast scheint es, als friere er in der reglosen Hitze. Er schaut auf nichts, auf den Sand.
»Sie sind wieder weggegangen.«
»Ja.«
Weit weg, über dem Meer, Schattenzonen. Der Himmel bezieht sich. Dann regnet es unter den Schattenzonen. Sie schaut. Sie weint.
»Auch Sie haben jetzt gar nichts mehr.«
Er antwortet ihr nicht.
Sie weint.
Gleichmäßig, unablässig, fließen die Tränen aus den Augen.
Auf dem Meer nimmt ein großes Lichtgeviert Gestalt an.
Sie sehen es nicht.
Er schaut auf den Sand neben sich: ihre Hand, die auf dem Sand liegt, ist schmutzgeschwärzt. Er sagt:
»Ihre Hände sind schwarz.«
Sie hebt die Hände, schaut sie ihrerseits an, legt sie wieder hin.
»Das kommt vom Feuer.«
»Man hat nach Ihnen gesucht.«

Er nimmt Sand.
Berührt den Sand.
Auf dem Meer nimmt ein großes Geviert aus weißem Licht Gestalt an.
Sie streckt die Hand aus:
»Das Licht, dort.«
Er hört nicht. Er fragt:
»Warum weinen Sie? was ist der Grund?«
»Alles.«
Er sieht, daß der Sand unter seinen Augen sich aufhellt. Er hebt den Kopf, er nimmt das Licht auf dem Meer wahr.
Wendet sich wieder zum Sand.
»Ist es das Feuer?«
»Nein, alles.«
Er bewegt sich noch immer nicht, schaut nicht, sieht nicht. Das große Lichtgeviert auf dem Meer hat Gestalt angenommen. Sie deutet darauf:
»Da ist Licht, da drüben.«
Bleibt an den Sand geschmiedet.
Sie deutet auf den nackten Himmel über dem Licht.
Er wiederholt:
»Die Polizei sucht nach Ihnen.«
In der Ferne, die Sirenen.
»Ja.«
»Sie werden Sie töten.«
»Ich kann nicht sterben.«
»Das ist wahr.«

Dann deutet sie auf den Strand. Dann auf eine bestimmte Stelle des Strands, unter dem Licht, neben den Säulen des zerbombten Kasinos:
»An der Stelle lag neulich ein toter Hund« – sie dreht sich zu ihm – »das Meer hat ihn während des Unwetters weggespült.«
Sie hört auf, auf etwas zu deuten, wendet sich von allem ab, versetzt sich in den toten Hund.
Sie bleibt lange dort, so lange, wie das Licht braucht, um zu verlöschen, zu vergehen. Er sagt:
»Ich habe den toten Hund gesehen.«
»Ich dachte es mir, daß Sie ihn auch gesehen haben.«
Das Geviert aus Regenlicht ist verschwunden.
Andere Unwetter entladen sich.
Sonnenbeschienene Regenvorhänge, überall über dem Meer.
Er beginnt, die Regenvorhänge anzuschauen.
Der Regen. Er wird S. Thala heute nicht mehr erreichen können. Nur sein Geruch erreicht ihn: der Geruch von Feuer, von Wind.
Sie weint nicht mehr. Sie sagt, sie wiederholt:
»Wir können jetzt gehen« – sie fügt hinzu – »auch Sie haben jetzt nichts mehr.«
»Das können wir« – er fügt hinzu – »nichts mehr.«

Sie lehnt nicht mehr an der Mauer. Sie ist zum Fluß gegangen.
Nacht. Es ist getan.

Einwohner auf dem Holzsteg. Sie gehen sehr langsam. Sie sprechen halblaut über die Schreie, die man neuerdings in S. Thala hört, über die immer häufigeren Brände.
Der Reisende steht auf.
Er geht.
Sein Schritt ist sehr langsam, schleppend.
Er geht am Strand entlang. Dann am geschlossenen Bahnhof. Am Fluß. Immer dicht entlang. Hinter dem Fluß biegt er ab. Es ist Flut. Die Schiffe sind aus S. Thala ausgelaufen. In der Ferne das verlassene Babylon.
Auf der Insel sind Brandspuren, verkohlte Holzstücke, rußgeschwärzte Steine.
Sie sind auf der letzten Stufe der Steintreppe, da, wo sie sich gewöhnlich aufhält. Sie schlafen eng umschlungen. Ihr Schlaf ist tief.
Er setzt sich neben sie. Auch er schläft ein.
Er erwacht mit dem Tag, er ist allein. Die beiden sind bereits an ihr Tagewerk gegangen, an die Besetzung des Strands von S. Thala, der ihre Wanderschaft gilt.
Abend. Goldlicht.
Sie wartet auf dem Holzsteg, mit dem Gesicht zum Hotel, nach S. Thala gewendet. Er kommt auf sie zu.
Sie sagt:
»Ich bin wegen dieser Reise zu Ihnen gekommen.«
Sie betrachtet das Labyrinth des Raums, das Dickicht der Zeit. Sie fügt hinzu:

»Diese Reise nach S. Thala, wissen Sie.«
Er sieht kaum noch ihr zum Dickicht hingewendetes Gesicht.
»Ich bin seit meiner Jugend nie mehr dort gewesen.«
Der Satz bleibt einen Augenblick lang in der Schwebe, dann endet er:
»Ich erinnere mich nicht mehr.«
Sie hört auf, S. Thala anzuschauen. Sie lächelt ihm zu. Er fragt:
»Was sagt er?«
»Er sagt, daß diese Reise notwendig sei« – sie fügt hinzu – »er sagt nicht warum.«
Eine frische Brise weht vom Meer heran, sehr mild, nach Algen und nach Regen duftend.
»Früher«, sagt sie, »war hier nichts als Sand.«
Er sagt:
»Und Wind.«
Sie wiederholt:
»Und Wind, ja.«
Sie steht auf dem Holzsteg. Sie schaut nicht mehr. Sie schaut auf nichts. Sie steht aufrecht da, im Angesicht der Zeit. Er sagt:
»Waren die Flüsse groß und die Landschaft weit, hinter dem Meer?«
Sie lächelt:
»Ja« – sie fügt hinzu – »man fuhr mit dem Zug hindurch, wenn man im Sommer in die Ferien reiste.«
Sie wiederholt:

»Im Sommer.«
Sie schweigen. Sie schaut ihn an. Er sagt:
»Wir brechen auf, wann immer Sie wollen.«
Sie entfernt sich auf dem Holzsteg. Noch immer bedeckt die Brise den Strand mit ihrer Frische, das Licht neigt sich unter einem klaren Himmel.

Drei Tage. Goldlicht.
Drei Tage, in deren Verlauf sich nichts ereignet, nur das ununterbrochene Nagen, das mit dem Licht zu- und wieder abnimmt.
Unverrückbare Sonne über S. Thala. Wind. Unverrückbares Goldlicht, vom Wind gepeitscht. Geruch von Salz und von Jod, innig vermischt, bitterer Geruch, den Wassern entstiegen.
Das Meer brandet heftig unter dem nackten Himmel, die Sandmassen stieben auf, rennen, kreischen, die Möwen kämpfen gegen den Wind an, ihr Flug wird gedrosselt.
Die Stelle an der Mauer bleibt leer, der Platz ist erleuchtet.
Dann legt sich der Wind, die Sandmassen sind wieder gefügig. Die See beruhigt sich, das steinerne Labyrinth breitet seine allgemeine Fäulnis unter der Sonne aus. Am Himmel, darüber, kreuzen wieder die langsamen Regenschiffe.
Drei Tage.
Dann kommt sie.
Sie nähert sich, leicht, auf dem Holzsteg, sie kommt

auf den Reisenden zu, der sie erwartet, um sie auf ihrer letzten Reise durchs Dickicht von S. Thala zu begleiten.

S. Thala.
Sie gehen. Sie gehen durch S. Thala. Sie geht aufrecht, im Angesicht der Zeit, zwischen den Mauern der Stadt. Der Reisende sagt:
»Achtzehn Jahre« – er fügt hinzu – »so alt waren Sie damals.«
Sie hebt die Augen, schaut auf die gegenwärtige, versteinerte Landschaft. Sie sagt:
»Ich weiß nicht mehr.«
Die Straße ist eben, es geht sich leicht darauf, mechanisch. Von Zeit zu Zeit spricht sie das Wort aus, beschwörend:
»S. Thala, mein S. Thala.«
Dann schaut sie zu Boden.
»Ich erkenne es nicht mehr.«
Langsam, im Gleichschritt mit ihnen, entrollt sich S. Thala vor ihnen, seine Villen, seine Parks.
Die Straße macht eine Biegung.
Nach der Biegung zögert sie, bleibt stehen.
Sie schaut. Vor ihnen das graue Haus, das graue Rechteck mit den weißen Fensterläden, mitten im Taumel von S. Thala verloren.
Der Garten umgibt es, das Gras, noch grün, wild, hat sich in den grauen Fensterläden verfangen, überwuchert die Mauern. Sie schaut, sie sagt:

»Es war nicht der Mühe wert, noch einmal herzukommen.«
Sie macht sich wieder auf den Weg.
Sie kehrt zurück in den Staub, auf den Boden der Straßen von S. Thala, im Gehen sagt sie:
»Es sind andere Orte.«
Sie gehen weiter.
Die Parks sind weniger groß, die Villen berühren einander, die Mauern.
Sie gehen.
Der Reisende beginnt seinerseits, den Boden, die weiße Asche anzuschauen. Er sagt:
»Mit den persönlichen Dingen ist alles weggekommen.«
»Wann?« – ihr Schritt hat sich verlangsamt.
»Als Sie zum ersten Mal erkrankten« – er fügt hinzu – »nach einem Ball.«
Sie antwortet nicht sogleich, sie lächelt:
»Ich glaube, ja.«
Sie gehen. Sie wendet sich wieder der Betrachtung des Bodens zu. Sie ist ganz in Weiß, gekämmt. Er, der andere, hat sie an diesem Morgen auf der Insel zurechtgemacht, er hat sie gewaschen, gekämmt. Sie hat eine kleine Handtasche bei sich, wie sie junge Mädchen tragen, auch in Weiß, die weiße Handtasche der Reise nach S. Thala. Sie greift danach und öffnet sie. Sie nimmt einen Spiegel heraus. Sie bleibt stehen, schaut sich an, geht wieder weiter. Sie hält ihm den Spiegel hin, sie zeigt ihn ihm.

»Das hat er mir geschenkt, bevor er ging.«
Noch einmal öffnet sie die Handtasche. Sie steckt den Spiegel wieder hinein. Er schaut: die Handtasche ist leer, sie enthält nur den Spiegel. Sie schließt sie wieder, sie sagt:
»Ein Ball.«
»Ja« – er zögert – »Sie haben damals angeblich geliebt.«
Sie dreht sich um, lächelt ihn an.
»Ja. Danach ...« – sie kehrt in die unverbrauchte Zeit zurück, zur Betrachtung des Bodens – »danach war ich mit einem Musiker verheiratet, ich habe zwei Kinder bekommen« – sie hält inne – »die haben sie auch geholt.«
Sie wendet sich zu ihm, erklärt ihm:
»Danach bin ich ein zweites Mal erkrankt, wissen Sie.«
»Hat man Ihnen das gesagt?«
»Ich erinnerte mich an die Kinder« – sie fügt hinzu – »und an ihn.«
Er bleibt stehen. Sie bleibt ihrerseits stehen. Es fällt ihm schwer zu sprechen, sie bemerkt es nicht.
»Und er, wo ist er jetzt?«
Im gleichen Mitteilungsstrom sagt sie:
»Tot, er ist tot.«
Seewind kommt auf über S. Thala. Er bewegt sich nicht mehr, er bleibt auf der Stelle stehen, im Wind. Sie stellt sich neben ihn. Vom Taumel hat sie nichts bemerkt. Sie genießt den Wind. Sie sagt:

»Der Wind von S. Thala, es ist noch der gleiche.«
Er schaut sie an.
Vor ihr stehend, schaut er sie an.
Sie muß etwas vom Ungestüm des Blicks bemerken. Sie forscht, wem dieses Ungestüm gilt, sie ist verwundert, sie fragt:
»Was ist?«
»Ich schaue Sie an.«
Sie sagt, sie fragt:
»Es findet keine Reise statt, nicht wahr?«
»Nein. Wir sind in S. Thala, eingeschlossen« – er fügt hinzu – »ich schaue Sie an.«
Fügsam kommt sie zu ihm. Er drückt sie an seinen Körper. Sie läßt es zu. Er läßt sie los, sie läßt es geschehen.
Sie gehen, sie machen sich wieder auf.
Die Parks sind verschwunden, die Gärten.
Die Straße steigt an.
Das Meer rückt in die Ferne, der Sandstrand. Sie dreht sich danach um, schaut hin.
Er sagt:
»›Hinter dem Zug stürzten Pappelreihen aufeinander zu. Er schaute sie an.‹«
Sie lacht, sie geht.
Er sagt:
»›Ebenen, Felder, schüttere Mauern aus blonden Bäumen.‹
›Er schaute sie an.‹«
Sie lacht wieder. Sie geht weiter.

Sie gehen weiter.
Eine Veränderung tritt ein. Die Straße weitet sich.
Ein Platz. Nach und nach flaut der Seewind ab.
Sie beginnt wieder zu schauen.
Sie bleiben stehen. Die Veränderung hat sich schlagartig verstärkt. Kein Wind mehr. Die Sonne schwillt an.
Die Steine dünsten Hitzeschwaden aus.
Eine Spur verwundert lächelt sie ihrer weißen Heimat zu, sie sagt:
»Es ist also Sommer in S. Thala?«
Sie gehen wieder weiter.
Sie überqueren den leeren Platz.
Sie geht langsamer, schon beginnt die Müdigkeit.
Die Hitze nimmt zu.
Auch die Sonne, langsam birst sie.
Sie haben den Platz überquert. Kaum haben sie ihn verlassen, sind sie da, plötzlich sind sie da, aus der Stadt, aus den Löchern, aus dem Stein hervorgequollen, teilnahmslos füreinander, in allgemeiner Geschäftigkeit, die Einwohner von S. Thala.
Sie folgen ihnen.
Sie schaut mit der gleichen Aufmerksamkeit auf die Einwohner von S. Thala wie auf ihre Behausungen, auf ihn, der neben ihr ist, wie auf das Meer, das in der Ferne liegt, auf das Wort S. Thala, in Verbindung mit der Bezeichnung »VERWALTUNG VON«, hier – auf dem Giebel eines Gebäudes –, vor dem sie soeben vorbeigehen – wie drüben, sehr weit weg, auf die

weißen Salven der Möwen und auf die Sandmassen, die deutlich zu erkennen sind.
Sie ist gleichermaßen dieser Hitze, dieser unerklärlichen Sonnenflut ausgesetzt.
Sie folgen ihnen noch immer.
Sie wird immer langsamer.
Sie gehen an ihnen vorbei, ihre Wege trennen sich.
Sie bleibt stehen:
Es ist ein sehr langer, gerader Boulevard.
Plötzlich, nachdem sie die allgemeine Geschäftigkeit, den Platz hinter sich gelassen hatten, sind sie auf diesen sehr langen, geraden Boulevard gelangt.
Sie geht nicht mehr weiter.
Argwöhnisch, plötzlich stirnrunzelnd, beginnt sie, die Ausdehnung des Boulevards anzuschauen.
Die Sonne brennt. Es scheint, als schmerzten ihre Augen, sie schaut wie unter einem Zwang.
Sie geht weiter.
Sie hört wieder auf, irgend etwas anzuschauen.
Sie machen sich auf den Weg.
Der Weg in diese Richtung ist lang, gerade. Man sieht das Ende nicht.
Sie geht mit halb geschlossenen Augen, sie meidet den Schmerz, den ihr das Licht bereitet. Sie spricht nicht mit ihm. Sie geht.
Überall die weißen Mauern, S. Thala, das sich vor ihnen entrollt. Der Boulevard ist baumlos.
Nur er, der Reisende, hat ihn gesehen: vor ihnen, am Ende des Boulevards, geht er, leicht, in seiner dunk-

len Kleidung. Ohne es zu wissen, folgen sie ihm seit dem Aufbruch von den Sandmassen von S. Thala.
Die Mauern hämmern, weiß, sie mehren sich zu beiden Seiten der Gehenden.
Sie wird schwitzen, sie wischt sich das Gesicht mit der Hand, sie wird langsamer, sie geht wieder weiter.
Sie bewegen sich sehr langsam voran.
Die Mauern nehmen zu an Zahl, mehren sich, stoßen aufeinander, drängen sich, stoßen wieder aufeinander, sie hämmern gegen die Schläfen, treiben das Blut in die Augen. Noch immer kein Schatten, nirgends.
Vor ihnen noch immer die schwarze Silhouette vor dem Weiß der Mauern, am Ende des Boulevards.
Sie sieht ihn noch immer nicht.
Sie geht weiter.
Sie bleibt stehen.
Sie ist es, die stehenbleibt. Die Augen zu Boden gesenkt, weiß sie plötzlich: die Entfernung zwischen dem Herzen von S. Thala und dem Meer ist die den Kinderbeinen eingeprägte geblieben: sie blickt auf, sie sagt:
»Schauen Sie, das da haben sie gebaut.«
Es ist ein Gebäude von unbestimmter Form, eher groß, kreideweiß. Zahlreiche Öffnungen sind darin, sie sind geschlossen: die Holzläden sind zugenagelt worden.
»Früher war das einmal ein freier Platz.«
Sie bleibt noch immer stehen. Sie wiederholt:

»Das war einmal ein Platz, sie haben ihn damit zugebaut.«
Sie wendet sich ab, und sie sieht ihn, den anderen, der auch stehengeblieben ist, und der wartet: sie sagt sogleich:
»Ich muß schlafen.«
Sogleich geht sie weiter. Der Reisende hält sie zurück. Er sagt:
»Ich erinnere mich auch.«
Sie schauen: das Gebäude steht unverrückt da, es hat seine Form, seinen Umfang unverändert beibehalten. Die Nägel sitzen tief.
Der Reisende sagt seinerseits:
»Das war einmal ein Platz« – er verbessert sich – »eine Fläche, eine ebene Fläche, ein von Mauern umgebener Platz, in den Mauern war eine Tür.«
Sie schauen einander an. Sie sehen einander.
»Ach, vielleicht« – sie hat in einem Murmeln geantwortet.
In einer sehr raschen Bewegung schließen sich die Augen, öffnen sich wieder, der Blick kehrt an die Oberfläche zurück. Sie wartet, sie schaut ihn nicht mehr an, sie schaut zu Boden, er fährt nicht fort. Sie geht wieder weiter.
Nun plötzlich schnell.
Das Meer. Sie sieht es.
Als das Gebäude hinter ihnen liegt, ist es da.
Es war da, ganz nah. Das Herz von S. Thala stößt ans Meer.

Der Boulevard endet: vor ihnen geht niemand mehr.
Ein Holzsteg ist da. Sie überqueren ihn. Vor ihnen der Strand ohne Mauern, das Meer, die Sandmassen, die Wasser des Meers.
Zu ihrer Linken breitet sich die unförmige Masse des Herzens von S. Thala aus. Seine Hauptfassade beherrscht den Strand.
Sie läßt sich in den Sand fallen, sie legt sich hin, sie rührt sich nicht mehr.

Der Sandstrand von S. Thala.
Er hat sich neben sie gesetzt. Er wischt ihr den Schweiß von der Stirn, langsam. Unter der Geste fallen ihr die Augen zu. Sie läßt die Handtasche los, die sie noch festhielt. Sie sagt:
»Da ist das Geräusch.«
Er setzt die Geste über der Stirn fort.
»Schlafen Sie.«
»Ja.«
Sie wendet das Gesicht zum Sand, sie lauscht, sie sagt:
»Heute abend kommt es von da drinnen.«
Sie deutet ins Innere des Strands, des Sandes. Er sagt:
»Ich höre es auch.«
»Ach ...«
Sie fragt ganz leise:
»Sind sie tot?«

»Nein.«
»Was ist mit ihnen?«
»Sie ruhen aus« – er fügt hinzu – »oder nichts.«
Sie murmelt:
»Ach, ja ... so wird es sein, so wird es sein ...«
Er legt sich neben sie, er stützt sich auf seine freie Hand, er schaut sie an. Noch nie hat er sie aus so großer Nähe gesehen. Noch nie hat er sie in so hellem Licht gesehen. Sie lauscht noch immer dem Geräusch. Sie schließt die Augen, sie will sie schließen, ihre Lider beben vor Willensanstrengung.
»Sagen Sie mir, daß ich schlafen soll.«
Er sagt es ihr:
»Schlafen Sie.«
»Ja« – in hoffnungsvollem Ton.
Sie berührt den Sand. Er sagt:
»Wir sind an den Strand zurückgekehrt. Schlafen Sie.«
»Ja.«
Er hört auf, ihr die Stirn zu wischen, er legt ihr die Hand über die Augen, um sie gegen die Sonne abzuschirmen.
»Schlafen Sie.«
Sie gibt keine Antwort mehr.
Er wartet.
Sie bewegt sich nicht mehr. Er nimmt die Hand weg. Die Augen darunter sind geschlossen. Die Lider erzittern leicht unter dem erneuten Lichteinfall, aber die Augen öffnen sich nicht mehr.

Sie schläft.
Er nimmt Sand, er gießt ihn auf ihrem Körper aus. Sie atmet, der Sand bewegt sich, er rinnt von ihr herunter. Er nimmt mehr, wiederholt den Vorgang. Der Sand rinnt wieder herunter. Er nimmt noch mehr, gießt ihn wieder aus. Er hält inne.
»Liebe.«
Die Augen gehen auf, sie schauen, ohne zu sehen, ohne irgend etwas zu erkennen, dann fallen sie wieder zu, sie kehren in die Schwärze zurück.

Er ist nicht mehr da. Sie liegt allein in der Sonne auf dem Sand, verwesender Hundekadaver, Ausgeburt der Phantasie, die Hand noch immer neben der weißen Handtasche vergraben.

Der Vorraum des Gebäudes ist leer. Man hört Rumoren. Und weiter weg, am Ende eines Gangs, die Musik der blutigen Feste, den Hymnus von S. Thala, fern, sehr fern.
Halbdunkel.
Hinter dem Vorraum ein sehr langer Gang.
Der Reisende betritt den Gang, geht hinein. Aus der Tiefe dieses Gangs kommt ihm ein Mann entgegen. Er trägt Uniform.
»Suchen Sie etwas?«
Sie stehen sich gegenüber. Der Reisende schaut ihn an.
»Kann ich Ihnen behilflich sein?«

Sie stehen beide im Halbdunkel. Der Reisende schaut ihn mit ungeheurer Aufmerksamkeit an.
Endlich spricht der Reisende:
»Sind Sie schon lange hier?«
»Seit siebzehn Jahren« – er hält inne – »warum?«
Der Reisende mustert das Gesicht in allen Einzelheiten: die hellen, schon erschöpften Augen, an den Schläfen die grauen Haare. Der angeschaute Mann wird ungehalten.
»Suchen Sie jemand?« – er wartet, er schlägt einen schrofferen Ton an – »Was wünschen Sie?«
»Ich schaue.«
Der Reisende bewegt sich nicht, seine Augen lassen das Gesicht nicht los. Der Mann macht eine hilflose Gebärde. Der Reisende fragt:
»Wie viele Jahre haben Sie gesagt?«
»Siebzehn Jahre.«
Der Reisende schaut nach hinten in den Gang, die Frage kommt abrupt:
»Liegt der Ballsaal dahinten?«
»Es waren mehrere« – er fügt hinzu – »welchen meinen Sie?«
Der Reisende deutet auf eine Tür am Ende des Gangs.
»Diesen da.«
Der Mann sagt:
»Es finden keine Bälle mehr statt.«
Der Mann muß das Ungestüm in den Augen des Reisenden sehen. Er sagt:

»Ich kann ihn Ihnen zeigen, wenn Sie es wünschen.«
»Danke.«
»Folgen Sie mir.«
Der Mann geht voraus, er öffnet eine Tür, er tritt ein, hält sie auf. Der Reisende tritt ein.
»Bitte sehr« – er fügt hinzu – »Sie hegen Erinnerungen, wie ich sehe …«
Es sind Spiegel da, blind geworden. Gegenüber von den Spiegeln, entlang den hellen Wänden, sind Sessel aufgereiht. Die Grünpflanzentröge sind leer.
Der Reisende tritt in die Mitte der Tanzfläche vor. Er bleibt stehen, sieht sich um: eine Tribüne, ein zugeklapptes Klavier, zusammengerollte Teppiche entlang den Wänden. Rings um die Tanzfläche nackte Tische.
Er hört:
»Dort wurde getanzt.«
Er dreht sich um. Der Mann lächelt im Halbdunkel.
Er deutet auf die Tanzfläche, er fragt:
»Soll ich Licht machen?«
»Nein.«
Licht, Sonnenstrahlen sickern durch die dichten Vorhänge.
Der Reisende geht auf die geschlossene Terrassentür zu. Er hebt einen Vorhang an: durch die zugenagelten Läden eine Terrasse, der Strand, die Schlafende.
Der Reisende versucht, die Tür zu öffnen. Die Tür widersteht. Er rüttelt hartnäckig.

»Es ist abgeschlossen, das sehen Sie doch.«
Der Mann ist laut geworden, er stellt sich neben den Reisenden.
»Was soll das, Sie sehen doch, daß geschlossen ist.«
Der Reisende läßt den Türgriff los, bleibt, wo er ist.
»Ich habe keine Schlüssel zu der Tür« – der Ton besänftigt sich wieder – »es ist nicht gestattet aufzumachen.«
Der Reisende hebt noch einmal den Vorhang hoch: die Terrasse, der Strand, sie.
Der Reisende wendet sich zu dem Mann und fragt ihn:
»Erkennen Sie sie wieder?«
Der Mann tritt näher, schaut.
»Die da schläft« – er deutet auf sie – »diese da?«
»Ja.«
Er schaut mit geheuchelter Aufmerksamkeit.
»Aus dieser Entfernung« – er hält inne – »entschuldigen Sie« – er sagt es mit Bestimmtheit – »kann ich nichts erkennen.«
Der Reisende läßt den Vorhang wieder fallen. Der Mann sagt:
»Bedaure.«
Der Reisende tritt näher, er beschwört ihn:
»Erkennen Sie sie doch.«
Der Mann wartet, fragt:
»Warum?«

Der Reisende antwortet nicht. Der Mann fragt:
»Wie heißt sie?«
Der Reisende antwortet:
»Ich weiß nichts mehr.«
Der Mann nennt einen Namen.
Der Reisende hört ihm gebannt zu. Der Mann fragt:
»Ist das der Name?«
Der Reisende antwortet nicht. Er beschwört ihn erneut:
»Würden Sie den Namen bitte wiederholen?«
»Welchen?«
»Den Namen, den Sie soeben ausgesprochen haben« – er hält inne – »ich bitte Sie darum.«
Der Mann entfernt sich einige Schritte, er wiederholt klar, vollständig, den Namen, den er sich soeben ausgedacht hat.
Der Reisende geht auf die Tür zu, streckt die Arme vor, als wolle er mitten hindurchgehen, läßt dann davon ab, wirft den Kopf in die verschränkten Arme. Schmerzlaute entringen sich ihm.
Der Mann schaut ihn an, läßt eine Weile vergehen, dann tritt er auf ihn zu. Die Stimme ist ruhig:
»Sie sollten wieder hinausgehen, zu ihr.«
Der Reisende richtet sich auf, seine Arme fallen wieder herunter.
Der Mann läßt noch einen Augenblick vergehen, dann nimmt er den Reisenden am Arm und führt ihn zur Tür. Er sagt:

»Sie müssen jetzt gehen, ich muß meinen Dienst antreten.«
Sie gehen hinaus. Der Mann schließt ab. Am Ende des Ganges hat die Musik wieder eingesetzt.
Der Mann geleitet den Reisenden bis zum Vorraum und verläßt ihn dort.
Der Reisende durchquert den Vorraum, er geht hinaus.

Sie liegt noch immer ausgestreckt, in der Sonne. Sie hat die Augen offen. Sie schaut dem Reisenden entgegen. Ihr Blick ist sanft wie ihre Stimme.
»Ach, Sie sind zurückgekehrt.«
Drüben, am Rand des Meers, wieder der andere, er geht. Kein Lebewesen sonst im gesamten sichtbaren Raum. Der Reisende sagt:
»Ich war spazieren, während Sie schliefen.«
»Ach« – sie blickt ihn unverwandt an – »ich dachte schon, Sie seien wieder weggegangen.«
Sie deutet auf den, der drüben über den leeren Strand geht, in der mörderischen Sonne.
»Ich wäre wieder mit ihm mitgegangen« – sie fährt fort – »oder die Polizei hätte mich geholt.«
Er sitzt neben ihr. Plötzlich ruft sie nach ihm, sie berührt seinen Arm, will, daß er sie anschaut.
»Wo waren Sie?« – sie fährt fort – »Wo waren Sie denn spazieren?«
»Sie schliefen, ich wollte Sie schlafen lassen.«
»Nein.«

Drüben noch immer das Auf und Ab, der gleichmäßige Schritt, das namenlose Warten in der Sandwüste. Er schaut auf ihn, schaut nur auf ihn. Sie sagt:
»Sie haben getrauert. Sie waren dort und haben nachgefragt.«
Der Blick geht durch ihn hindurch, bohrend, unerbittlich. Er, der Reisende, schaut noch immer auf das gleichmütige Auf und Ab.
»Ich habe den Platz zwischen den Mauern gesucht.«
Sie braucht lange, um zu antworten, um weiterzusprechen.
»Haben Sie ihn gefunden?« – die Stimme ist leise.
»Ja. Man sieht auch die Tür, durch die wir hinausgegangen sind« – er fügt hinzu – »getrennt.«
Sie schweigen.
Lange beobachten sie das Geschehen, drüben, am Rand des Meers.
Die Bewegungsrichtung ändert sich: anstatt kehrtzumachen, geht er jetzt geradeaus weiter. Sie hat es gesehen. Sie schaut ihm nach. Der Reisende sagt:
»Er wacht, er wacht über uns.«
»Nein« – sie fügt hinzu – »nichts.«
Er ist zur Oberstadt abgebogen. Er verschwindet hinter dem Gebäude. Der Reisende fragt geistesabwesend:
»Was?« – er verbessert sich – »Was tut er?«
Sie wendet sich zu ihm:
»Habe ich es Ihnen nicht gesagt?«

»Wacht er über das Meer? Wacht er über uns, bringt er uns wieder zurück?«
»Nein.«
Die Hitze nimmt ab, die Sonne.
Sie verspürt Linderung. Sie setzt sich auf. Leichter Wind kommt auf, flaut wieder ab. Hinter ihnen, im steinernen Labyrinth, setzt das Nagen wieder ein.
Der Reisende fragt weiter:
»Er wacht über die Bewegung der Gezeiten, die Bewegungen des Lichts.«
»Nein.«
»Die Bewegung der Wasser. Den Wind. Den Sand.«
»Nein.«
»Den Schlaf?«
»Nein« – sie zögert – »über nichts.«
Der Reisende schweigt.
Sie wendet sich zu ihm. Sie sagt:
»Sie sagen gar nichts mehr.«
Sie erinnert sich:
»Ach ja« – sie hält inne, die Stimme wird wieder weich – »Sie sind nichts.«
Der Himmel schwärzt sich. Das flache Meer sinkt weiter, bleischwer, es verwandelt sich in schwarzen Schlick. Und da, in der Ferne, die Fleischfresser, die Möwen.
Ihr Blick geht geradeaus, ins Unsichtbare.
»Ist es Abend?«
»Ich glaube ja.«

Sie sagt, plötzlich von Gewißheit erfüllt, von Sanftmut:
»Ich kenne diese Stadt nicht mehr, dieses S. Thala, ich bin nie mehr dort gewesen.«
Die Worte erklingen, verlöschen.
Sie beobachten den Strand.
Die Nacht ist da.
Er taucht nicht wieder auf. Der Reisende fragt:
»Er ist nicht mehr weitergegangen, wird er wiederkommen?«
»Ja« – sie fügt hinzu – »manchmal geht er über sein Denken hinaus, aber er kommt immer wieder zurück. Heute nacht wird er wiederkommen.«
Das Meer bedeckt sich mit Wind.
Es ist Nacht, als er wieder auftaucht.
Er geht nicht zu ihnen, er schlägt den Weg zur Stadt ein, und diesmal verschwindet er im Dickicht von S. Thala. Sie sagt, sie wiederholt:
»Heute nacht wird er wiederkommen« – sie fügt hinzu – »heute nacht muß er im Herzen von S. Thala Feuer legen.«

Der Strand. Die Nacht.
Der Reisende hat sich in den Sand gelegt. Sie liegt neben ihm.
Sie schweigen. Sie warten.
Die Stille von S. Thala ist stimmhaft in dieser Nacht, sie schreit, sie knackt und knistert, sie lauschen ihr, sie verfolgen ihre geheimsten Äußerungen.

Sie sagt:
»Es wird gesprochen, da, neben uns.«
Stimmen im Sand, nah. Er sagt:
»Liebende.«
Sie hören die Klagelaute der Liebe, das rasende Stöhnen der Lust. Sie sagt:
»Ich sehe nichts mehr.«
In der Ferne, die erste schwarze Rauchwolke. Er sagt:
»Ich sehe.«
Die erste schwarze Rauchwolke steigt in den klaren Himmel von S. Thala auf.
Sie macht eine offene Gebärde von verzweifelter Zärtlichkeit, sie sagt, sie murmelt:
»S. Thala, mein S. Thala.«
Sie wendet sich zu ihm, verbirgt ihr Gesicht in den Händen.
Er nimmt ihren Kopf in seine Armbeuge, an sein Herz.
Sie verharrt so.
Die ersten Sirenen gellen durch S. Thala.
Sie hört sie nicht.
Das Feuer wächst, es breitet sich aus.
Durch den schwarzen Rauch lodern die ersten Flammen, der Himmel rötet sich.
Sämtliche Sirenen von S. Thala heulen Sturm.
Sie steht wieder auf. Sie sieht ihn, ihn, sie hört die Sirenen, sie sieht den roten Himmel, sie weiß nicht, wo sie sich befindet. Er sagt:

»Es war heiß im Zimmer, wir sind an den Strand gegangen.«
Sie erinnert sich, sie schließt die Augen wieder:
»Ja, richtig ...«
Sie kehrt in seine Armbeuge, an sein Herz zurück.

Jemand tritt aus dem Flammendickicht hervor und überquert den Strand.
Hinter ihm das brennende S. Thala.
Er kehrt zurück. Er kommt.
Er ist da.
Er setzt sich im Abstand von einigen Metern neben sie, er schaut in den Himmel, aufs Meer.
In ganz S. Thala sind sie losgelassen, die Sirenen des Schreckens.
Er schaut in den Himmel, aufs Meer.
Dann auf die, die in den Armen des Reisenden schläft.
Man hört:
»Sie schläft.«
Der Reisende beugt sich über das schlafende Gesicht, er sagt:
»Es sieht aus, als öffneten sich ihre Augen.«
Man hört:
»Dann wird es Tag.«
Die Meeresoberfläche schimmert rosig. Der Himmel darüber entfärbt sich.
Man hört:
»Der Tag öffnet die Augen, wußten Sie das noch nicht?«

»Nein.«
Der Reisende schaut: die Augen öffnen sich tatsächlich nach und nach, die Lider trennen sich, und in einer unmerklichen, unendlich langsamen Bewegung tut es der gesamte Körper den Augen nach, er dreht sich herum, er wendet sich dem aufgehenden Licht zu.
Verharrt so, zum Licht gewandt.
Der Reisende fragt:
»Sieht sie?«
Man hört:
»Nichts, sie sieht nichts.«
Durch die Nacht von S. Thala schallen die Sirenen. Die See schwillt an, sie entfärbt sich wie der Himmel.
Man hört:
»Sie wird so verharren, bis das Licht anbricht.«
Sie schweigen. Das Licht nimmt auf unmerkliche, unendlich langsame Weise zu. Auf die gleiche Weise scheiden sich Sand und Wasser voneinander.
Das Licht steigt auf, öffnet, zeigt den sich weitenden Raum.
Das Feuer entfärbt sich seinerseits, wie der Himmel, das Meer.
Der Reisende fragt:
»Was wird geschehen, wenn das Licht da ist?«
Man hört:
»Einen Augenblick lang wird sie geblendet sein. Dann wird sie wieder beginnen, mich zu sehen. Den

Sand vom Meer zu unterscheiden, dann das Meer vom Licht, dann ihren Körper von meinem Körper. Danach wird sie die Kühle von der Nacht scheiden und sie mir geben. Erst danach wird sie das Geräusch hören, wissen Sie ...? von Gott? ... dieses Durcheinander ...?«

Sie schweigen. Aufmerksam verfolgen sie das Fortschreiten der äußeren Morgenröte.

Marguerite Duras
im Suhrkamp Verlag und Insel Verlag

Blaue Augen schwarzes Haar. Aus dem Französischen von Maria Dessauer. st 1681

Eden Cinéma. Aus dem Französischen von Ruth Henry. es 1443

Emily L. Roman. Aus dem Französischen von Maria Dessauer. st 1808

Ganze Tage in den Bäumen. Erzählung. Deutsch von Elisabeth Schneider. st 1157

Heiße Küste. Roman. Aus dem Französischen von Georg Goyert. st 1581

Hiroshima mon amour. Filmnovelle. Deutsch von Walter Maria Guggenheimer. st 112

Im Park. Roman. Aus dem Französischen von Andrea Spingler. st 1938

Im Sommer abends um halb elf. Roman. Aus dem Französischen von Ilma Rakusa. Leinen, BS 1087 und st 2201

La Musica Zwei. Theaterstück. Aus dem Französischen von Simon Werle. es 1408

Liebe. Aus dem Französischen von Barbara Henninges. BS 935

Der Liebhaber. Roman. Aus dem Französischen von Ilma Rakusa. Leinen, BS 967 und st 1629

Der Liebhaber aus Nordchina. Roman. Aus dem Französischen von Andrea Spingler. Leinen

Der Matrose von Gibraltar. Roman. Aus dem Französischen von Maria Dessauer. Leinen und st 1847

Moderato cantabile. Roman. Aus dem Französischen von Leonharda Gescher und W. M. Guggenheimer. st 1178

Der Nachmittag des Herrn Andesmas. Deutsch von Walter Boehlich. BS 109

Das Nachtschiff. Caesarea. Die negativen Hände. Aurelia Steiner. Aurelia Steiner. Aurelia Steiner. Aus dem Französischen von Andrea Spingler. Leinen

Die Pferdchen von Tarquinia. Roman. Aus dem Französischen von Walter M. Guggenheimer. Gebunden und st 1269

Ein ruhiges Leben. Roman. Deutsch von W. M. Guggenheimer. st 1210

Sommer 1980. Aus dem Französischen von Ilma Rakusa. es 1205

Sommerregen. Aus dem Französischen von Andrea Spingler. Leinen und st 2284

Das tägliche Leben. Aus dem Französischen von Ilma Rakusa. es 1508

Vera Baxter oder Die Atlantikstrände. Aus dem Französischen von Andrea Spingler. es 1389

20/1/3.94

Marguerite Duras
im Suhrkamp Verlag und Insel Verlag

Die Verzückung der Lol V. Stein. Deutsch von Katharina Zimmer. st 1079

Der Vize-Konsul. Roman. Deutsch von W. M. Guggenheimer. st 1017 und Großdruck. it 2312

Zu Marguerite Duras

Yann Andréa: M. D. Aus dem Französischen von Renate Hörisch-Helligrath. es 1364

Marguerite Duras / Michelle Porte: Die Orte der Marguerite Duras. Aus dem Französischen von Justus F. Wittkop. es 1080

20/2/3.94

Französische Literatur in der edition suhrkamp und in den suhrkamp taschenbüchern

Alain: Die Pflicht, glücklich zu sein. Aus dem Französischen übertragen und mit einem Nachwort versehen von Albrecht Fabri. st 859

Yann Andréa: M. D. Aus dem Französischen von Renate Hörisch-Helligrath. es 1364

Eugen Bavčar: Das absolute Sehen. Aus dem Französischen von Sybille Kershner. Mit Fotografien. es 1909

Samuel Beckett: Gesammelte Werke in Einzelbänden. Elf Bände in Kassette. st 2401-2411

– Theaterstücke. Dramatische Werke 1. st 2401

– Hörspiele. Filme. Dramatische Werke 2. st 2402

– Mercier und Camier. Roman. Aus dem Französischen von Elmar Tophoven. st 2405

– Molloy. Roman. Aus dem Französischen von Erich Franzen. st 2406

– Malone stirbt. Roman. Aus dem Französischen von Elmar Tophoven. st 2407

– Der Namenlose. Roman. Aus dem Französischen von Elmar Tophoven. st 2408

– Wie es ist. Aus dem Französischen von Elmar Tophoven. st 2409

– Erzählungen. st 2410

– Szenen und Prosa. st 2411

– Endspiel. Fin de partie. Endgame. Deutsche Übertragung von Elmar Tophoven. Französische Originalfassung. Englische Übertragung von Samuel Beckett. st 171

– Flötentöne. Französisch und deutsch. Aus dem Französischen von Elmar Tophoven und Karl Krolow. es 1098

– Warten auf Godot. En attendant Godot. Waiting for Godot. Deutsche Übertragung von Elmar Tophoven. Vorwort von Joachim Kaiser. st 1

Emmanuel Bove: Armand. Roman. Aus dem Französischen von Peter Handke. st 2167

Michel Butor: Paris – Rom oder Die Modifikation. st 89

Leonora Carrington: Unten. Aus dem Französischen von Edmund Jacoby. st 2343

E. M. Cioran: Die verfehlte Schöpfung. Übersetzt von François Bondy. Das Kapitel »Die neuen Götter« wurde von Elmar Tophoven übersetzt. st 550

– Vom Nachteil, geboren zu sein. Übersetzt von François Bondy. st 549

Colette: Diese Freuden. Aus dem Französischen von Maria Dessauer. st 2154

109/1/8.94

Französische Literatur in der edition suhrkamp und in den suhrkamp taschenbüchern

Marguerite Duras: Blaue Augen, schwarzes Haar. Aus dem Französischen von Maria Dessauer. st 1681
– Eden Cinéma. Aus dem Französischen von Ruth Henry. es 1443
– Emily L. Roman. Aus dem Französischen von Maria Dessauer. st 1808
– Ganze Tage in den Bäumen. Erzählung. Deutsch von Elisabeth Schneider. st 1157
– Heiße Küste. Roman. Aus dem Französischen von Georg Goyert. st 1581
– Hiroshima mon amour. Filmnovelle. Deutsch von Walter Maria Guggenheimer. st 112
– Im Park. Roman. Aus dem Französischen von Andrea Spingler. st 1938
– Im Sommer abends um halb elf. Roman. Aus dem Französischen von Ilma Rakusa. st 2201
– La Musica Zwei. Theaterstück. Aus dem Französischen von Simon Werle. es 1408
– Der Liebhaber. Aus dem Französischen von Ilma Rakusa. st 1629
– Der Liebhaber aus Nordchina. Roman. Aus dem Französischen von Andrea Spingler. st 2384
– Der Matrose von Gibraltar. Roman. Aus dem Französischen von Maria Dessauer. st 1847
– Moderato cantabile. Roman. Aus dem Französischen von Leonharda Gescher und W. M. Guggenheimer. st 1178
– Das Pferdchen von Tarquinia. Roman. In der Übersetzung von Walter M. Guggenheimer. st 1269
– Ein ruhiges Leben. Roman. Deutsch von W. M. Guggenheimer. st 1210
– Sommer 1980. Aus dem Französischen von Ilma Rakusa. es 1205
– Sommerregen. Aus dem Französischen von Andrea Spingler. st 2284
– Das tägliche Leben. Aus dem Französischen von Ilma Rakusa. es 1508
– Vera Baxter oder Die Atlantikstrände. Aus dem Französischen von Andrea Spingler. es 1389
– Die Verzückung der Lol V. Stein. Deutsch von Katharina Zimmer. st 1079
– Der Vize-Konsul. Roman. Deutsch von W. M. Guggenheimer. st 1017
Marguerite Duras / Michelle Porte: Die Orte der Marguerite Duras. Aus dem Französischen von Justus F. Wittkop. es 1080
Georges-Arthur Goldschmidt: Ein Garten in Deutschland. Erzählung. Aus dem Französischen von Eugen Helmlé. st 1925

109/2/8.94

Französische Literatur in der edition suhrkamp und in den suhrkamp taschenbüchern

Georges-Arthur Goldschmidt: Der Spiegeltag. Roman. Aus dem Französischen von Peter Handke. st 1685
Luzius Keller: Proust lesen. Erstausgabe. st 1839
Lucien Malson: Die wilden Kinder. Aus dem Französischen von Eva Moldenhauer. st 55
Victor Margueritte: Die Aussteigerin. Roman. Aus dem Französischen von Joseph Chapiro. Mit einem Nachwort von Ursula Krienes. st 1616
Patrick Modiano: Das Parfum von Yvonne. Roman. Aus dem Französischen von Walter Schürenberg. st 2357
– Sonntage im August. Roman. Aus dem Französischen von Andrea Spingler. st 1837
Robert Pinget: Apokryph. Aus dem Französischen von Gerda Scheffel. es 1139
Marcel Proust: Auf der Suche nach der verlorenen Zeit. 10 Bände in Kassette. Aus dem Französischen von Eva Rechel- Mertens. suhrkamp taschenbücher
– Auf der Suche nach der verlorenen Zeit. Erster Teil: In Swanns Welt. st 644
– Zweiter Teil: Im Schatten junger Mädchenblüte. 2 Bde. Deutsch von Eva Rechel-Mertens. st 702
– Dritter Teil: Die Welt der Guermantes. 2 Bde. Deutsch von Eva Rechel-Mertens. st 754
– Vierter Teil: Sodom und Gomorra. 2 Bde. Deutsch von Eva Rechel-Mertens. st 822
– Fünfter Teil: Die Gefangene. Deutsch von Eva Rechel-Mertens. st 886
– Sechster Teil: Die Entflohene. Deutsch von Eva Rechel-Mertens. st 918
– Siebter Teil: Die wiedergefundene Zeit. Deutsch von Eva Rechel-Mertens. st 988
– Briefe zum Leben. 2 Bde. Ausgewählt und aus dem Französischen übersetzt von Uwe Daube. st 464
– Freuden und Tage. Übertragen und herausgegeben von Luzius Keller. st 2172
– Der Gleichgültige. Erzählung in zwei Sprachen. Mit einem Vorwort von Philip Kolb. In der Übersetzung von Elisabeth Borchers. st 1004
Yann Queffélec: Barbarische Hochzeit. Roman. Aus dem Französischen von Andrea Spingler. st 1682
– Der Geisterbeschwörer. Roman. Aus dem Französischen von Hinrich Schmidt-Henkel. st 2413
– Tita. Roman. Aus dem Französischen von Sylvia Antz. st 1924

109/3/8.94

109/4/8.94

suhrkamp taschenbücher materialien

Herbert Achternbusch. Herausgegeben von Jörg Drews. Mit Fotografien. stm. st 2015

Apokalypse. Weltuntergangsvisionen in der Literatur des 20. Jahrhunderts. Herausgegeben von Gunter E. Grimm, Werner Faulstich und Peter Kuon. stm. st 2067

Baudelaires ›Blumen des Bösen‹. Herausgegeben von Hartmut Engelhardt und Dieter Mettler. stm. st 2070

Samuel Beckett. Herausgegeben von Hartmut Engelhardt. stm. st 2044

Thomas Bernhard. Werkgeschichte. Herausgegeben von Jens Dittmar. stm. st 2002

Arbeitsbuch Thomas Brasch. Herausgegeben von Margarete Häßel und Richard Weber. stm. st 2076

Brasilianische Literatur. Herausgegeben von Michi Strausfeld. stm. st 2024

Brechts ›Antigone‹. Herausgegeben von Werner Hecht. stm. st 2075

Brechts ›Aufhaltsamer Aufstieg des Arturo Ui‹. Herausgegeben von Raimund Gerz. stm. st 2029

Brechts ›Dreigroschenoper‹. Herausgegeben von Werner Hecht. stm. st 2056

Brechts ›Gewehre der Frau Carrar‹. Herausgegeben von Klaus Bohnen. stm. st 2017

Brechts ›Guter Mensch von Sezuan‹. Herausgegeben von Jan Knopf. stm. st 2021

Brechts ›Heilige Johanna der Schlachthöfe‹. Herausgegeben von Jan Knopf. stm. st 2049

Brechts ›Herr Puntila und sein Knecht Matti‹. Herausgegeben von Hans Peter Neureuter. stm. st 2064

Brechts ›Kaukasischer Kreidekreis‹. Herausgegeben von Werner Hecht. stm. st 2054

Brechts ›Leben des Galilei‹. Herausgegeben von Werner Hecht. stm. st 2001

Brechts ›Mann ist Mann‹. Herausgegeben von Carl Wege. stm. st 2023

Brechts ›Mutter Courage und ihre Kinder‹. Herausgegeben von Klaus-Detlef Müller. stm. st 2016

Brechts Romane. Herausgegeben von Wolfgang Jeske. stm. st 2042

Brechts ›Tage der Commune‹. Herausgegeben von Wolf Siegert. stm. st 2031

Brechts Theaterarbeit. Seine Inszenierung des ›Kaukasischen Kreidekreises‹ 1954. Herausgegeben von Werner Hecht. stm. st 2062

Brechts Theorie des Theaters. Herausgegeben von Werner Hecht. stm. st 2074

251/1/4.92

suhrkamp taschenbücher materialien

Brechts ›Trommeln in der Nacht‹. Herausgegeben von Wolfgang Schwiedrzik. stm. st 2101

Hermann Broch. Herausgegeben von Paul Michael Lützeler. stm. st 2065

Brochs theoretisches Werk. Herausgegeben von Paul Michael Lützeler und Michael Kessler. stm. st 2090

Brochs ›Tod des Vergil‹. Herausgegeben von Paul Michael Lützeler. stm. st 2095

Brochs ›Verzauberung‹. Herausgegeben von Paul Michael Lützeler. stm. st 2039

Paul Celan. Herausgegeben von Werner Hamacher und Winfried Menninghaus. stm. st 2083

Die deutsche Kalendergeschichte. Ein Arbeitsbuch von Jan Knopf. stm. st 2030

Deutsche Lyrik nach 1945. Herausgegeben von Dieter Breuer. stm. st 2088

Diskurstheorien und Literaturwissenschaft. Herausgegeben von Jürgen Fohrmann und Harro Müller. stm. st 2091

Tankred Dorst. Herausgegeben von Günther Erken. st 2073

Dramatik der DDR. Herausgegeben von Ulrich Profitlich. stm. st 2072

Marguerite Duras. Herausgegeben von Ilma Rakusa. stm. st 2096

Hans Magnus Enzensberger. Herausgegeben von Reinhold Grimm. stm. st 2040

Max Frisch. Herausgegeben von Walter Schmitz. stm. st 2059

Frischs ›Andorra‹. Herausgegeben von Walter Schmitz und Ernst Wendt. stm. st 2053

Frischs ›Don Juan oder Die Liebe zur Geometrie‹. Herausgegeben von Walter Schmitz. stm. st 2046

Frischs ›Homo faber‹. Herausgegeben von Walter Schmitz. stm. st 2028

Geschichte als Schauspiel. Herausgegeben von Walter Hinck. stm. st 2006

Franz Grillparzer. Herausgegeben von Helmut Bachmaier. stm. st 2078

Peter Handke. Herausgegeben von Raimund Fellinger. stm. st 2004

Heinrich Heine. Ästhetisch-politische Profile. Herausgegeben von Gerhard Höhn. stm. st 2112

Wolfgang Hildesheimer. Werkgeschichte. Von Volker Jehle. stm. st 2109

Wolfgang Hildesheimer. Herausgegeben von Volker Jehle. stm. st 2103

Friedrich Hölderlin. Studien von Wolfgang Binder. Herausgegeben von Elisabeth Binder und Klaus Weimar. stm. st 2082

Ludwig Hohl. Herausgegeben von Johannes Beringer. stm. st 2007

251/2/4.92

suhrkamp taschenbücher materialien

Ödön von Horváth. Herausgegeben von Traugott Krischke. stm. st 2005
Horváth- Chronik. Von Traugott Krischke. stm. st 2089
Horváths Stücke. Herausgegeben von Traugott Krischke. stm. st 2092
Horváths Prosa. Herausgegeben von Traugott Krischke. stm. st 2094
Horváths ›Geschichten aus dem Wiener Wald‹. Herausgegeben von Traugott Krischke. stm. st 2019
Horváths ›Jugend ohne Gott‹. Herausgegeben von Traugott Krischke. stm. st 2027
Horváths ›Lehrerin von Regensburg. Der Fall Elly Maldaque‹. Dargestellt und dokumentiert von Jürgen Schröder. stm. st 2014
Peter Huchel. Herausgegeben von Axel Vieregg. stm. st 2048
Johnsons ›Jahrestage‹. Herausgegeben von Michael Bengel. stm. st 2057
Uwe Johnson. Herausgegeben von Rainer Gerlach und Matthias Richter. stm. st 2061
Joyces ›Dubliner‹. Herausgegeben von Klaus Reichert, Fritz Senn und Dieter E. Zimmer. stm. st 2052
Der junge Kafka. Herausgegeben von Gerhard Kunz. stm. st 2035
Juden in der deutschen Literatur. Ein deutsch-israelisches Symposion. Herausgegeben von Stéphane Moses und Albrecht Schöne. stm. st 2063
Kaiser, Gerhard: Geschichte der deutschen Lyrik. Band 1: Von Goethe bis Heine. 3 Bände. stm. st 2087
– Geschichte der deutschen Lyrik. Band 2: Von Heine bis zur Gegenwart. Ein Grundriß in Interpretationen. 3 Bände. Mit einem Textbeiheft. stm. st 2107
Marie Luise Kaschnitz. Herausgegeben von Uwe Schweikert. stm. st 2047
Alexander Kluge. Herausgegeben von Thomas Böhm-Christl. stm. st 2033
Wolfgang Koeppen. Herausgegeben von Eckart Oehlenschläger. stm. st 2079
Franz Xaver Kroetz. Herausgegeben von Otto Riewoldt. stm. st 2034
Dieter Kühn. Herausgegeben von Werner Klüppelholz und Helmut Scheuer. stm. st 2113
Landschaft. Herausgegeben von Manfred Smuda. stm. st 2069
Lateinamerikanische Literatur. Herausgegeben von Michi Strausfeld. stm. st 2041
Einladung, Hermann Lenz zu lesen. Herausgegeben von Rainer Moritz. stm. st 2099

251/3/4.92

suhrkamp taschenbücher materialien

Literarische Klassik. Herausgegeben von Hans-Joachim Simm. stm. st 2084

Literarische Utopie-Entwürfe. Herausgegeben von Hiltrud Gnüg. stm. st 2012

Literaturverfilmungen. Herausgegeben von Franz-Josef Albersmeier und Volker Roloff. stm. st 2093

Karl May. Herausgegeben von Helmut Schmiedt. stm. st 2025

Karl Mays ›Winnetou‹. Herausgegeben von Dieter Sudhoff und Hartmut Vollmer. stm. st 2102

Friederike Mayröcker. Herausgegeben von Siegfried J. Schmidt. stm. st 2043

E. Y. Meyer. Herausgegeben von Beatrice von Matt. stm. st 2022

Moderne chinesische Literatur. Herausgegeben von Wolfgang Kubin. stm. st 2045

Adolf Muschg. Herausgegeben von Manfred Dierks. stm. st 2086

Die Nibelungen. Ein deutscher Wahn, ein deutscher Alptraum. Studien und Dokumente zur Rezeption des Nibelungenstoffs im 19. und 20. Jahrhundert. Herausgegeben von Joachim Heinzle und Anneliese Waldschmidt. stm. st 2110

Paul Nizon. Herausgegeben von Martin Kilchmann. stm. st 2058

Die Parabel. Parabolische Formen in der deutschen Dichtung des 20. Jahrhunderts. Herausgegeben von Theo Elm und Hans H. Hiebel. stm. st 2060

Plenzdorfs ›Neue Leiden des jungen W.‹ Herausgegeben von Peter J. Brenner. stm. st 2013

Produktive Spiegelungen. Recht und Kriminalität in der Literatur. Von Klaus Lüderssen. stm. st 2080

Der Reisebericht. Die Entwicklung einer Gattung in der deutschen Literatur. Herausgegeben von Peter J. Brenner. stm. st 2097

Rilkes ›Aufzeichnungen des Malte Laurids Brigge‹. Herausgegeben von Hartmut Engelhardt. stm. st 2051

Rilkes ›Duineser Elegien‹. 3 Bände in Kassette. Herausgegeben von Ulrich Fülleborn und Manfred Engel. stm. st 2009-2011

Schillers ›Briefe über die ästhetische Erziehung‹. Herausgegeben von Jürgen Bolten. stm. st 2037

Spanische Literatur. Herausgegeben und mit einem Vorwort versehen von Michi Strausfeld. stm. st 2108

Die Strindberg-Fehde. Herausgegeben von Klaus von See. stm. st 2008

Karin Struck. Herausgegeben von Hans Adler und Hans Joachim Schrimpf. stm. st 2038

251/4/4.92

suhrkamp taschenbücher materialien

Sturz der Götter? Vaterbilder in Literatur, Medien und Kultur des 20. Jahrhunderts. Herausgegeben von Werner Faulstich und Gunter E. Grimm. stm. st 2098

Superman. Eine Comic-Serie und ihr Ethos. Von Thomas Hausmanninger. stm. st 2100

Über das Klassische. Herausgegeben von Rudolf Bockholdt. stm. st 2077

Martin Walser. Herausgegeben von Klaus Siblewski. stm. st 2003

Robert Walser. Herausgegeben von Klaus-Michael Hinz und Thomas Horst. stm. st 2104

Weimars Ende. Herausgegeben von Thomas Koebner. stm. st 2018

Ernst Weiß. Herausgegeben von Peter Engel. stm. st 2020

Peter Weiss. Herausgegeben von Rainer Gerlach. stm. st 2036

Peter Weiss' ›Die Ästhetik des Widerstands‹. Herausgegeben von Alexander Stephan. stm. st 2032

Virginia Woolf. Herausgegeben von Alexandra Lavizzari. stm. st 2111

251/5/4.92